G. W. Pistorius

Uhuhu

Oder Hexen- Gespenster- Schatzgräber- und Erscheinungs-Geschichten

G. W. Pistorius

Uhuhu

Oder Hexen- Gespenster- Schatzgräber- und Erscheinungs-Geschichten

ISBN/EAN: 9783741166679

Hergestellt in Europa, USA, Kanada, Australien, Japan

Cover: Foto ©Andreas Hilbeck / pixelio.de

Manufactured and distributed by brebook publishing software
(www.brebook.com)

G. W. Pistorius

Uhuhu

Uhuhu

oder

Hexen- Gespenster- Schatzgräber-

und

Erscheinungs-Geschichten.

Viertes Pakt.

Dicamne aliquid ridiculosius?

Chrysostom.

Erfurt, 1787.
bey Georg Adam Keyser.

Vorrede.

Ich habe schon mehrmalen erwähnt, daß Mangel an physikalischen, historischen und exegetischen Kenntnissen, und eben daher entspringende unrichtige Vorstellungen, so viele sonst wirklich anerkannte Gelehrte der Vorwelt, verleitet haben, sich Dinge zu träumen und durch ihre Schriften auf die Nachwelt zu bringen, die wider alle Begriffe der heiligen Schrift, Vernunft und Erfahrung sind:

wel-

welches die natürliche Folge gehabt, daß
andere Gelehrte sie eben ungeprüft, auf
Treu und Glauben angenommen und
ihre uns lächerliche Hypothesen und mit
schwülstiger Schulweisheit verbrämte
Träumereyen, von einem Jahrhunderte
zum andern, uns überliefert und immer
so weiter ausgebreitet haben.

Unser philosophischeres Zeitalter
scheint aber nicht mehr alles so ungeprüft
mit blindem Glauben fernerhin annehmen zu wollen, und vernünftige Geleht-
te fangen an, ohne Ansehen der noch so
berühmten Schriftsteller, solchen, der
Vernunft, Erfahrung und Naturgesetzen
zuwider laufenden Meynungen nachzu-
forschen und die richtigere Entdeckungen
dem unbefangenen Publiko vor Augen
zu legen.

Ein solches Beyspiel liefert uns der
durch so viele physikalisch = chemische
Schrif-

Schriften und neuen Ausgaben der natürlichen Magie, so berühmte Herr Senator
und Apotheker Wiegleb, in Langensalza,
im deutschen Merkur 1786. No. 12. p. 290.
vom Ursprung der fabelhaften Geschichte des Vogels Greif: Es
heißt nämlich im 7. Buch, §. 2. nach
Großens Uebersetzung der Naturgeschichte des ältern Plinius (an der wir, wie
er auch sagt, einen wahren Schatz des
Alterthums besitzen) "daß nahe am Ur-
"sprunge des Aquilo, (Nord-Pole) und
"an der Höhle desselben, welchen Ort
"man Gesdithron nennt, die Arimas-
"per wohnen, die sich dadurch auszeich-
"nen, daß sie nur ein Auge mitten auf der
"Stirn haben. Sie führen beständig mit
"den Greifen, einer Art wilder Vögel, wie
"man sie eigentlich beschreibt, um die
"Erzgruben Krieg. Diese kratzen das
"Gold begierig aus den Gängen hervor,
"und bewahren es, und die Arimasper
"rauben es ihnen. Dies schreiben vie-

* 3   le.

"le. Die berühmteſten darunter ſind He-
"rodot und Ariſteus der Proconneſier."

Weil Plinius ſeine Währmänner
angeführt hat, ſo ſcheint der doppelte
Unſinn dieſer Stelle — Menſchen, die
nur ein Auge vor der Stirn haben,
und Vögel welche Gold aus der Erde holen, es bewachen und deshalb mit
Menſchen Krieg führen ſollen — auf
ſeine angeführten Vorgänger zu fallen.
Aber Herr Wiegleb hat den ganzen He-
rodot genau überſehen, und drey Stellen
gefunden, wovon nach aller Wahrſchein-
lichkeit Plinius nur eine mag vor Augen
gehabt haben. Es kann daraus evident
dargethan werden, daß der zweyte Unſinn
dieſer Stelle auf des Plinius Unvorſich-
tigkeit und Unkunde beruht. Die erſte
Stelle ſelbſt lautet in Herodots Geſchichte, von Goldhagen überſetzt, B. 4. §. 25.
alſo: "Weiter hinauf wohnen, wie die
"Iſſedoner ſagen, einäugigte Leute, und
"die Gryphen, (Greife) welche das Gold
"be-

"bewahren. Von diesen haben es die
"Skythen, von den Skythen aber wir
"andern bekommen, (nehmlich das Gold)
"und wir nennen sie (jene einäugigen)
"auf skytisch Arimasper. Denn Ari-
"ma heißt bey den Skythen Eins, Spu,
"das Auge." In der mittlern Periode
dieser Stelle, (schreibt Herr Wiegleb)
bin ich vom Herrn Professor Goldhagen
abgewichen, der sie folgendermaßen über-
setzt hat — von jenen haben es die Skythen gehört, von den Skythen haben wir
andern die Meynung angenommen rc.

Die andere Stelle ist im dritten
Buche §. 3. befindlich und lautet also:
"Gegen Norden zu hat Europa, wie be-
"kannt ist, viel Gold: wie es aber ge-
"wonnen werde, kann ich auch nicht mit
"Gewißheit sagen. Man giebt vor, als
"nähmen es die Arimasper, welches ein-
"äugige Leute seyn sollen, den Greifen
"weg; ich lasse mich aber nicht bereden,
"daß Leute mit einem Auge gebohren

* 4   "wer-

"werden, und doch in andern Dingen mit
"andern Menschen einerley Natur haben."

Von diesen beyden Stellen hat
Plinius wahrscheinlich nur die letzte vor
Augen gehabt. Denn wenn er die
zwepte erwogen hätte, so würde er
wegen der eindugigen Leute zweifel=
hafter worden seyn. Im Gegentheil
aber ersieht man unläugbar, daß Pli=
nius nicht gezweifelt, und noch dazu das
Sonderbare gar wunderbar gemacht, in=
dem er diesen Leuten ein Auge vor die
Stirn setzet, wovon doch in Herodots
Beschreibung nichts angeführt ist. Konn=
te gleich Plinius nicht einsehen, was es
mit jenen eindugigten Leuten für eine Be=
wandniß hatte: so sollte er doch nicht
noch mehr ausschmücken, sondern getreu
erzählen, und gewußt haben, daß nirgends
ganze eindugigte Völkerschaften vorhan=
den wären. Nach Bocharts (wahr=
scheinlicher) Vermuthung, war es nur
ein beygelegter Nahme, und vermuthlich
daher

daher entsprungen, daß jenes Volk aus
guten Bogenschützen bestund, und zur
richtigen Zielung dabey ein Auge zu-
schloß. *) Aus diesem Grunde konnten sie vielleicht von ihren Nachbarn, iro-
nisch, (spottweise) Einäugigte genannt
worden seyn. **) Hiernächst ist wohl zu
met-

*) Weil die Scythen, oder doch wenig-
stens eine Nation derselben so gute
Schützen gewesen, so rührt vermuthlich auch der Nahme Schütze
von Skythen oder Scythe her, und
würde daraus Schütte, Schütze.
A. d. H.

**) So wie die Fabel von den Ari-
maspern entstand, so entstand auf eine ähnliche Weise die von den Centauren. Die Centauren werden
uns nämlich von den Alten als Ge-
schöpfe vorgestellt, die oben Mensch
und unten Pferd sind. Vermuthlich

worden. Kürzer dazu zu kommen, mö=
gen letztere die erstern wohl oft überfal=
len haben, um ihnen das Gold zu rau=
ben, und daraus der beständige Krieg un=
ter ihnen entsprungen seyn.

Hier liegen nun die vom Plinius
begangenen Fehler offenbar am Tage.
Er hat aus Uebereilung und Unkunde der
Naturgeschichte den Arimaspern ein
Auge an die Stirn gesetzt, ein Volk
zu einer besondern Art wilder Vögel ge=
macht — läßt diese Vögel mit Völkern
um Erzgruben Krieg führen — wo=
von in den von ihm selbst angeführten
Autoren nicht ein Wort stehet.

Diese Stelle hat Herr Wiegleb
deswegen ins Licht gesetzt, weil sie der
einzige und wahre Grund der fabelhaf=
ten Geschichte des Vogels Greif ist,
die immerfort, auch noch in gegenwär=
gem Jahrhunderte, in Naturhistorischen
Schriften fortgepflanzt worden ist.

Da

Da sich Plinius einmal die Exiſtenz eines ſolchen wunderbaren Vogels vorgeſtellt hatte, und jener Nahme Gryphus von den Ueberſetzern Greif verdeutſcht worden, ſo war es unſern abergläubiſchen Vorfahren ſehr leicht, ihm noch andere wunderbare Eigenſchaften anzudichten, und Ammen und Kindern erzählen zu laſſen.

Wie ſehr haben wir alſo Urſache, der göttlichen Vorſehung zu danken, daß in unſern Tagen die Gelehrten nicht mehr durch blinden Glauben, ſo unſinnige Traditionen, der geſunden Vernunft, der göttlichen Offenbahrung und den unwandelbaren Naturgeſetzen gerade entgegenlaufende Meynungen und noch ſo ſchulgelehrt aufgeſtutzte Geſchichten, annehmen, ſondern ſolche aberwitzige Vorſtellungen genau prüfen, und unpartheiiſch die richtigere Reſultate ihrer philoſophiſchen Unterſuchungen, der prüfenden Welt öffentlich vorlegen und nicht mehr fürchten dürfen,

fen, durch ihre, den alten Philoſophſyſte-
men, Kirchenſatzungen und ſcholaſtiſchen
Spitzfindigkeiten, gerade entgegen laufenden vernünftigern Meynungen, Leib
und Leben, Hab und Gut, durch Feuer,
Schwerdt, Marter und Confiscation
verluſtig zu werden; weil wir auch in
dieſen Tagen Regenten und Obrigkeiten
haben, die von einer geläuterten Philo-
ſophie aufgehellt, mit eigenen Augen Licht
und Finſternis zu unterſcheiden wiſſen;
überdies durch rechtſchaffene, auch er-
leuchtetere geiſt- und weltliche Diener des
Staats und der Kirche belehret werden:
daß die, durch richtigere Sprachkenntnis
und vernünftigere Exegeſe erſt recht zu
verſtehende heilige Schrift, keinen Irrthum und zum Aberglauben neigende
ſchiefe Vorſtellungen enthalte, alles nach
dem Gange der von Gott ſelbſt beſtimm-
ten Geſetzen der Natur geſchehe, und
was auch oft wunderbar ſcheinen könnte, doch begreiflich mache; daß alſo eine
ver-

vernünftige Aufklärung dem Wohl des
Staates weit ersprießlicher sey, als eine
tyrannische Gefangennehmung der ge-
sunden oder kranken Vernunft
unter dem Gehorsam des blinden
Glaubens.

Dieser Meynung sind gewiß alle
wahre Weltweisen und aufgeklärte Theologen. Fragen über geschehene
Dinge (res facti), sagt ein Anonym in
Wekhrlins grauenUngeheuer, 8. B. 1786,
sind nicht Zweifel gegen die Religion.
Zeugnisse und Erzählungen nach der berüchtigten Theorie der Probabilitäten zu
prüfen, und den Grund des Glaubens
zu bestimmen, den man ihnen schuldig
oder nicht schuldig ist, gehört zu den Be-
fugnissen eines jeden selbstdenkenden We-
sens, deren Kränkung oder Beeinträchti-
gung, Unverstand und unerträglicher De-
spotismus seyn müßte.

Daß

Daß es zum Exempel eine Magie giebt, die durch Geisterzitationen vollführt wird, daß ein Mensch durch alberne Ceremonien, Beschwörungen und nonsensikalische Wörter den Zustand eines Geistes verändern, und ihn zum Erscheinen und Antwortgeben zwingen kann; ist eine offenbare Absurdität.

Nur durch den Glauben wissen wir daß es Dämonen giebt. Aus Vernunftgründen und Erfahrung läßt sich weder ihr Daseyn, noch ihr wirksamer Einfluß auf die Dinge dieser sublunarischen Welt, beweisen. Man muß die Geistererscheinungen, welche in der Schrift angeführt werden, a l l e n f a l s als besondere göttliche Zulassungen — deren nicht mehrere als die Offenbarung ausdrücklich angiebt, vermuthet werden können — als eine Art von Wundern ansehen, die nur in seltnen und ausserordentlichen Fällen und zu wichtigen Zwecken ge-

geſchahen, deren öftere Wiederholung aber nur den Aberglauben und die paniſchen Schrecken in der Welt vermehren würde.

Es geht den meiſten Menſchen, wie den Anwohnern des Eismeeres, nach der Erzählung des Tacitus. ”An dieſem Meere, von dem man glaubt, es ſey die äuſſerſte Gränze der Welt (illuc usque tantum natura) ſah man Göttergeſtalten, mit Strahlenkränzen ums Haupt. Es iſt kein Wunder, wenn es da, wo die Natur aufhört, ſpukt.

So ſieht man überall Götter, wo der uns bekannte Kreis der Naturgeſetze und Naturwirkungen ein Ende hat.

Wie ſehr wäre nur zu wünſchen, daß erſt die Ueberzeugung von der Richtigkeit dieſer Grundſätze allgemeiner würden und nicht noch immer ſelbſt viele Geiſtliche und obrigkeitliche Perſonen

**

den

dem gemeinen Volk die ärgerlichste Ver-
anlassung zum Aberglauben gäben. . Ein
Beyspiel unserer Zeit lesen wir in dem
Journal von und für Deutschland,
3ter Jg. 1786. 9. St. p. 237. von dem
Osterodischen Wunderkind : wo ein
Marktschreier auf seiner mit Obrigkeit-
licher Erlaubnis aufgebauten Lügen- und
Betrugsbude unter andern dummen
Charletanerien auch das siebente Kind
des Hufschmidts Dörge für ein Wunderkind erklärte und ihm die Eigenschaft
und Kraft beymaß oder anlog, daß es
alles heilen könne, was es berühre, so
daß man sogar seinen Excrementen Wun-
derkraft zuschrieb, seinen Urin und das
Wasser, worinnen es gewaschen worden
war, trank, und die mit seinem Koth be-
schmuzten Tücher auf die Schäden leg-
te. Das schlimmste aber war, daß selbst
Seine Hochwürden, der Herr Superintendent Bockenstein in Osterode, an
Sanct Dörgen glaubte, und ein Gewächs

wächs vorn auf dem Kopf, das immer
wuchs, von ihm kuriren laſſen wollte,
ſichs von ihm ſtreicheln lies und auch ſeiner hypochondriſchen Frau dieſen Wun-
derthäter anpries, die aber bey aller ihrer ſtarken Hypochondrie doch noch klü-
ger war, als ihr hochgelahrter Mann,
und den Taumaturgen verſpottete. Das
heilige Dörelchen konnte auch wirklich
das Gewächs Sr. Hochwürden nicht
heilen, ungeachtet es faſt täglich daſſelbe
ſtreichelte, ſondern es muſte die Heilung
ohne Wunder durch den Stadtchirur-
gus Brinkmann geſchehen.

Bey dieſer Gelegenheit wird in pa-
rentheſi bemerkt, daß Se. Hochwürden
auch an Teufels Beſitzungen glaubten,
und die Krankheit der Frau Superinten-
dentin dem Herrn Legion Schuld gaben,
der in ſie gefahren ſey, wie in die Schweine der Gergeſener. Solchen Glauben
fand Jeſus in Iſrael nicht, als Sanct

*2 Dörge

Dörge in Osterode, den selbst der Hohepriester der Stadt und die Obersten des Raths ihre Verehrung bewiesen! und das nicht zur Zeit Gregors des Siebenten, nicht in Spanien oder in Bayern, sondern in Osterode im Kurhannöverischen, einem bekanntlich ganz lutherischen Lande, und das in den letzten 12 Jahren, zu der Zeit, da Justus Henricus Jenisch dirigirender Burgermeister in Osterode war.

Doch ist diesem hochweisen Magistrat und dem hochgelahrten Herrn Superintendent von den geist- und weltlichen Landeskollegien zu Hannover dieser Unfug damals aufs nachdrücklichste verwiesen worden.

Daß nun der Glaube an Hexen- Gespenster- Geistererscheinungen und von Teufeln Besessene oder Geplagte, sich so lange erhalten, ist ohnstreitig mit dar-

darinne zu suchen, daß die in der heil.
Schrift und besonders im neuen Testa-
mente angeführte, von Christo und seinen Aposteln wunderbar Geheilte, dä-
monische oder begeisterte Leute, sonst
Besessene genannt worden. Es sind
aber eben dieses nicht vom Teufel oder
bösen Geistern, sondern von Krankhei-
ten Geplagte gewesen, und unter dem
Ausdruk Teufel und Geister alles Böse
verstanden worden.

Die verdienten Männer, Baltha-
sar Becker, Wettstein, Sykes, Fermer
und der noch lebende D. Semler haben
dieses längst schon als große Theologen
exegetisch erklärt, und Rich. Mead hat
in seinen Medicis sacris sive de morbis
Biblicis, diese Sache als Arzt gründlich
erwiesen. Erst neulich aber hat der Herr
Doctor Theod. Gerhard Timmermann
Professor der Anatomie auf der Universität zu Rinteln, in einer bey A. H. Bö-

** 3 sen-

senthal verlegten Schrift, unter dem Titel: Diatribe Antiquario Medica de Dæmoniacis Evangeliorum 1786. in 4. auf 90 Seiten als Arzt dies umständlich erläutert.

Dieser vom Aberglauben so weit als vom Unglauben entfernt scheinende Verfasser, führet den Leser in die alte Welt, und in die Schulen, und zu den Erfahrungen der Aerzte; wobey er nicht unterläßt, die aufgestellte arzneykundige Behauptungen für jeden aufgeklärt-gewissenhaften Christen annehmlich zu machen und zu zeigen: wie um die Zeiten Christi, unter den Juden, ganz natürlich, und ohne dogmatische Fictionen, mehrere als anders wo solche Patienten seyn konnten. Er bestimmt auch den bisher schwankenden Begriff, den man sich von den dämonischen machen muß, genauer, als zeither geschehen ist. Dieser Begriff könnte von einem Arzte

Aerzte richtiger ausgedruckt werden, als von sonst auch noch so großen Gottesge= lehrten, die entweder mit der alten Welt nicht bekannt waren, oder denen es bey ihren weitläuftigen gelehrten Kenntnissen an gründlicher Einsicht in die Natur des menschlichen Körpers fehlte.

Er führt die vorzüglichst treffen= den Beweisstellen aus den Zeitgenossen der dämonischen und aus den alten Aerz= ten wörtlich an, damit jeder selbst urthei= len könne. Doch da diese Schrift für Gelehrte von Profeßion bestimmt ist; so verweise ich diese auf selbige und wenn einem oder dem andern meiner ungelehr= ten Leser an den, für eine Vorrede zu umständlichen Beweisen und Erklärun= gen gelegen ist, an einen Sprach= und Sachverständigen Gelehrten, und theile nur hier noch eine Meynung vom Ur= sprung des Teufels aus schon erwähn= ten Wekhrlins grauen Ungeheuer,

** 4 3ter

8ter B. p. 186. mit: Es ist bekannt, daß
der Teufel ein chaldäisches Produkt,
und erst ziemlich spät von da zu den He-
bräern gekommen ist. Die Christen
nahmen ihn aus den jüdischen Su-
perstitionen in die heiligste und
vernünftigste der Religionen auf.
Man bezeichnete durch seinen Nahmen
die unbekannte Ursache des Bösen
in der Welt, welches man aus einer sehr natürlichen Illusion perso-
nifizirt hat.

Allein woher erhielt der Unhold die
Gestalt, die er noch jetzt in den Köpfen
des Pöbels, und auf der Leinwand der
Mahler hat? Wahrscheinlich haben die
Faunen und Satyrn, Aegipanen und
dergleichen, das heißt, große mensch-ähn-
liche braunhaarige Affen, zu dieser gro-
tesken und absurden Vorstellung Anlaß
gegeben.

Große.

Große Affen gab es dann auch in
den thebaischen Wüsten, wo in den er=
sten Jahrhunderten des Christenthums
so viel schwarzgallichte Einsiedler hockten,
welche immer mit dem Teufel scharmu=
zirt haben wollten.

Wenn man in einer menschenleeren
Einöde allein ist, viel wacht und fastet,
ein trockenes Gehirn und eine verbrann=
te Einbildungskraft hat: so kann man ei=
nen grösen, von fern schwarzscheinenden
Affen leicht für den Teufel oder für einen
Satyr halten. Es ist nicht wunderba=
rer, als daß Don Quixotte von Mancha,
Windmühlen für Festungen nahm.

Die Leute jener Zeit haben über=
haupt Wunderdinge gesehen, die jetzt
unsere Kinder ihren Ammen freylich nicht
mehr glauben, wenn sie auch versichern,
daß sie gedruckt wären.

†* 5 Aus

Aus jenen Zeiten rührt also auch
der Begriff der perſönlichen Beſitzungen
und die bey der chriſtlichen Taufe ange=
nommene Formeln des Exorcismi oder
Austreibung des unreinen Geiſtes her,
die ſo auch die nachtheilige Folge der ſo
ſchiefen Vorſtellungen erzeugen müſſen.
Aber erſt neulich wird in der zu Gotha
herauskommenden Beckeriſchen deut=
ſchen Zeitung 3. St. den 19ten Jan.
1787. eben erklärt: daß unſere gelehrte
Theologen längſt darinne einig ſind: daß
dieſe Formeln weiter nichts bedeuten, als
eine feyerliche Erklärung, daß der Täuf=
ling auch die Pflichten der Religion
Jeſu erfüllen, das böſe haſſen und
das gute lieben wolle, und daß dieſe jü=
diſche Redensart nichts weſentliches bey
der Taufe ſey *) daher jetzt die Conſiſto=
ria

*) Im Fürſtenthum Schwarzburg=
Sondershauſen iſt ſie ganz abge=
ſchafft.

ria der Meynung ſind: ſo wie jedem Pre-
diger erlaubt ſey, ſeinen Zuhörern bibli-
ſche Stellen durch Umſchreibung und richtigere Ueberſetzung, in die jetzige Art zu
reden, deutlich zu machen, ſo ſtehe es
auch jedem frey, bey der Taufe ſtatt jener Formel einen für unſere Zeiten und
Sitten ſchicklichern Ausdruck zu
wählen, um den Pathen die Erklärung
thun zu laſſen, daß der Täufling ſich bey
der Aufnahme in die chriſtliche Kirchen-
gemeine zu einem chriſtlichen Lebenswan-
del verpflichte. Jeder könne alſo ohne Anfrage, jene jüdiſche Beſchwörung abän-
dern, zumal wenn es Eltern oder Pathen
verlangten.*) Die Sache ſey faſt zu un-
wich-

*) Wie dies der, als exegetiſcher The-
olog ſo berühmte Herr Superin-
ten-

wichtig, und darüber besondere Landes-
verordnungen zu machen, wenn man
nicht wirklich dafür halte, daß der weise Schöpfer, auser der menschlichen Seele, noch einen andern, nnd zwar bösen,
Geist erlaube, sich in die armen Kinder
zu verstecken, für welche sonderbare Meynung in der heil. Schrift auch nicht der geringste Beweis zu finden ist. Daß übrigens der Irrthum von der Einmischung
eines bösen Geistes in die Regierung des
Allweisen und Allgütigen dem Menschen-
geschlechte unendlichen Schaden gethan
ha-

tendent Doctor Rosenmüller in
Leipzig erst neulich gethan, da ein
aufgeklärter Bürger den Hokus Pokus bey seinem Täufling durchaus
nicht haben wollte.

habe und noch thue, sey bekannt genug;
so daß ein redlicher Seelsorger Dank ver-
diene, wenn er diesem falschen Begriffe
das Ansehn zu nehmen suche, das ihm
der Exorzismus bey der heil. Taufhand-
lung giebt.

Wie lange hat sich nicht ferner
der Aberglaube unter allen Menschen-
klassen erhalten: daß die Körper der Verstorbenen und Begrabenen oder längst ver-
faulten Leichen noch Einfluß und Wirkung auf lebende Menschen hätten und
wie oft hat nicht dieser einfältige Begrif
ganze Familien beunruhigt, und einen
noch einfältigern erzeugt, daß deswegen
Menschen aus den Gräbern steigen, um
gethane Gelübde, lächerliche Ceremonien,

oder

oder sich zu Schulden gebrachte bey ihrem
Leben vertheimlicht gebliebene Uebelthaten,
bekannt zu machen, und von den hinter-
lassenen Erben, Freunden und Verwand-
ten die Erfüllung oder Genugthuung zu
begehren?

Wären dergleichen durch Ammen-
erzehlungen auch auf uns gekommene Be-
gebenheiten und vorgespiegelte Erscheinungen nur müthig untersucht und reif-
lich darüber nachgedacht worden, so würde sich immer gefunden haben, daß Geld-
prellerey, Pfaffen- und Jesuiten-Betrug
oder offenbare Dummheit zu Grunde gelegen.

Da hiernächst der schon aus erstern Packten bekannte Mittheiler einer

akten-

aktenmäſigen Hexen-Geſchichte, Herr
Amtsaktuarius Piſtorius, in einer Ein-
leitung, die er einigen abermals mitgetheilten aktenmäſigen Hexengeſchichten
vorſetzet, über die Abſicht und Nutzen
dieſes Büchleins ſeine Meynung ſaget,
und manchen darauf Einflus habenden
falſchen Behauptungen begegnet, die
ſolche Gelehrte und Weltweiſe wohl
hegen können, die manche und alle Volk-
klaſſen zu wenig und nur von ihren
Studierſtubenfenſtern aus, oder aus Bü-
chern kennen, die von eben ſolchen
Handwerksgenoſſen herrühren — die
alſo eigentlich darüber gar nicht urthei-
len können; ſo empfehle ich dieſe Einlei-
tung zur aufmerkſamen Prüfung und jedem Wahrheitsfreunde und aufmerkſamen

men Weltbürger zur Beherzigung und Realisirung. Ostermesse 1787.

Der Herausgeber.

———

Einleitung.

Der Herausgeber dieses Buchs hat über die Absicht desselben und den Nutzen, den es stiften soll und stiften wird, schon zeithero Erläuterung gegeben. Er hat auch ein Urtheil zu widerlegen gesucht, nach welchem die von mir gelieferten Auszüge eines Hexenprocesses für zweckwidrig gehalten worden sind. Ehe ich aber folgende wiederum einrücken lasse, halte ich für nöthig,

A   noch

noch eins und das andere darüber zu sagen.

Es ist wahr, daß Aktenauszüge wie
in den vorhergehenden Theilen enthal-
ten sind, für viele überflüßig, oder doch
unerheblich sind, es ist aber auch eben so
gewiß, daß es für viele unnöthig ist, über
Hexerey, Schatzgräberey oder andere
vom Aberglauben abstammende Thorheiten noch etwas zu sagen, oder zu schreiben. Wenn man indessen doch noch
täglich erfährt, daß die niedrigste Classe
von Menschen, der gemeine Mann sowohl als viele Vornehme, dergleichen Irrthümer noch hegen und pflegen, und wenn
man zugleich noch wahrnimmt, daß sie
sich nicht nur noch erhalten, sondern sogar oft Ursachen der traurigsten Vorfäl-
le werden, welchen nichts vorbeugen kann,
da die wenigsten ihren wahren Ursprung
kennen, oder dazu fähig und beru-
fen sind, ihn zu erforschen: so ist es gewiß unter vielen andern jetzt üblichen Be-
leb-

lehrungen, eine der nützlichsten und frucht‐
barsten, welche die Ausrottung so tief
eingewurzelter, so mächtiger und darum
so sehr schädlicher Vorurtheile zum Ge‐
genstande hat. Nicht einmal der Vor‐
wurf der Uebertreibung, welcher viele an‐
dere Schriften trift, welche Aufklärung
verbreiten sollen, findet bey diesen Blät‐
tern statt; vielmehr sind sie gewiß am
ersten fähig manches Gute zu stiften, wenn
anders durch schriftlichen Unterricht Auf‐
klärung befördert werden kann.

Man fange nicht damit an, den ge‐
meinen Mann Kenntniße, die ihm bis‐
bisher fremd waren oder nur Beweg‐
gründe zu einem moralisch guten Wan‐
del zu lehren; das hieße ihn durch einen
Sprung bessern wollen. Es ist hiernoch
so vieles an negativen Vollkommenhei‐
ten zu ersetzen übrig, daß nur derjenige,
welcher diese Claße von Menschen genau
kennt, eine höhere Cultur derselben, für
viel zu früh, überflüßig und unnütz findet.

Ueber‐

Ueberhaupt hat man viel und alles ge‑
than, was sich da nur thun läßt; wenn
man den gemeinen Mann von den schäd‑
lichen Irrthümern gereinigt hat; mehr
thun, ihm reinere, minder sinnliche Be‑
griffe von Gott, der Natur und andern
blos abstracten Wahrheiten beybringen
wollen, hieße ihn aus dem Stande her‑
ausheben, in welchen ihn Staatsverfas‑
sung, Nahrungserwerb und andere hier‑
aus fließende festbestimmte Verhältnisse,
setzen. Sind nur die verderblichsten Irr‑
thümer, solche, womit er oft sich und
seinen Nebenmenschen schadet, hinweg‑
genommen, so ist er auf seinem Stand‑
punkte gut, und moralisch besser, als
wenn man ihn nun weiter in der Erkennt‑
niß fortführen, und ihn mit schlüpfrigen
Begriffen, von ganz entbehrlichen Wahr‑
heiten, bereichern wollte, bey welchen er,
so lange er ein gemeiner Mann bleibt,
immer einen seichten Verstand behalten,
daneben aber durch unzeitige Grübeleyen

in

in der neuern Zeit so sehr hintangesetzten
mächtigen Grundstütze aller gemeinen
und Privatglückseligkeit, der Religion,
irre gemacht werden würde.

Um nun in jenem Falle etwas zweck-
mäßiges zu thun, hat man zwey Wege,
wovon der eine, welcher es blos mit Aufklärung der Begriffe zu thun hat, wieder ganz unnütz ist, da auch die bündig-
ste Schlußfolge für des gemeinen
Mannes kräftige Art zu denken, wenn
ich es so nennen soll, viel zu unkräftig
ist, und ihn niemals überzeugt. Will
man ihn also leiten, so muß man den
andern Weg erwählen, ihm nähmlich einen Gedanken, und die darin liegende
Wahrheit oder Ungereimtheit anschau-
lich zu machen, und gleichsam zu versinn-
lichen. Hierzu sind Belehrungen, wozu
Beispiele Gelegenheit geben, das bequem-
ste Mittel; je mehr nun diese seiner gewöhnlichen Art zu denken, gleich kommen, und je genauer sich jene an diesel-

ben

ben anschließen, desto treffender würken
sie auf seine Ueberzeugung; und so rotten
sie unvermerkt Irrthümer aus, indem
entweder Abscheu, Mitleid, Beschä-
mung oder andere Aeußerungen der Em-
pfindungen verursacht werden, welche
die Seele, ihrer Natur nach, zu einem Mis-
fallen bewegen.   Wo kann man aber
wohl, alltäglichen und so sehr gemeinen
Thorheiten anders auf die Spur kommen,
als entweder durch einen langen Umgang
mit gemeinen Leuten, wo man aber doch
immer am wenigsten etwas erfährt, oder
durch schriftliche Nachrichten, in denen
sie mit aller Gewissenhaftigkeit registrirt
worden sind, dergleichen die Hexenprocesse an die Hand geben?   Freylich würde ich, hätte ich die Aktenauszüge in dem
ersten und 2ten Packt gleich anfangs zu
dieser Absicht bestimmt, manche Be-
merkung hinzugethan, manches geändert oder wohl gar weggelassen haben;
indessen erfahre ich doch zu meinem Ver-
gnügen täglich von Leuten, denen ich dieses

ſes Buch zu leſen gegeben, daß ſie dadurch ſchon manche Thorheiten einſehen
und verlachen gelernt haben. Wollte
man aber zweifeln, daß der gemeine Mann
bis jetzt noch die ganze Theorie von Hexerey und andern Gaukeleyen glaubt,
und zu manchen gefährlichen Poſſen dadurch angetrieben wird, ſo wäre das eben
ſo unrichtig geſchloſſen, als wenn man
Belehrungen darüber und unterrichtende
Beyſpiele für überflüßig hält. Ich finde
das Vorurtheil noch allgemein, nach welchem der gemeine Mann die unter dem
Nahmen des fliegenden Drachen bekannte Lufterſcheinung für den Drachen oder
den Teufel hält, aber nicht blos hält,
ſondern ſogar Leuten, die ſich durch Fleiß
Vermögen erworben haben, ein Ver
ſtändniß mit dieſem Drachen andichtet.
Dieſes iſt indeſſen die ſchädlichſte Folge
noch nicht. Wenn aber nun ein ganzes
Dorf entweder öffentlich oder doch in
Geheim ſolches als wahr annimmt, und

A 4   den

den guten und ruhmwürdigen Namen
der Beschuldigten untergräbt oder sie wenigstens hasset, ist dieses etwas gleichgül-
tiges? Oder wenn ein leichtgläubiger und
eifersüchtiger Mann durch Einbildungen
oder Verhetzungen anderer sein Weib für
eine Ehebrecherin hält, nun zu einem
Gaukler geht, sich von ihm durch die
Wünschelruthe um sein Geld betrügen
läßt, und denn noch mehr belogen zurück-
kommt, sein Weib halb tod prügelt und
sie mit Vorwürfen so lange peinigt, bis es
von ohngefähr die Obrigkeit erfährt und
ihm Einhalt thut; liegt da nicht der Grund
noch immer in dem alten Hexenglauben?

Eben so und noch viel schlimmer ist
es mit dem Glauben an Ahndungen und
Erscheinungen. Man philosophiere und
moralisiere darüber dem Bauer so viel vor,
als man nur will, so bleibt er immer auf
dem vorigen Puncte unverändert stehen.
Da indessen die Begriffe, die er davon
hat, nicht absolut nothwendig sind; so bleibt
es

es möglich, daß er andere haben kann.
Nur die Umstände, unter denen solches
existirte, zieht man niemals mit gehöri=
ger Vorsicht in Betrachtung. Diese
Irrthümer des gemeinen Mannes ent=
springen oft aus Erzählungen solcher Leu=
te, die er für glaubwürdig hält, und er=
halten durch Traditionen, welche sich
über viele Menschenalter hinausdehnen
ihr Gewicht bey ihm. Sehr oft aber begeg=
net ihm selbst etwas zu einer Zeit, wo
diese Furcht bey ihm rege ist, und weil
er entweder nicht im Stande oder zu nach=
lässig ist, die Ursach zu erforschen, so ist
sein Glaube daran nun völlig bestätigt.
Eine solche Ueberzeugung, die das Ge=
präge der sinnlichen Gewisheit hat, und
mithin dieselbe ist, außer der die ganze
Welt keine richtigere kennt, durch Argu=
mente entkräften wollen, wären solche
auch auf der Canzel, oder im sogenann=
ten Volkston vorgetragen, ist ein Ge=
danke, den nur derjenige anwendbar fin=

A 5   den

den kann, der die Bewegung einer Wind-
mühle durch einen Machtspruch oder
durchs Schwerdt zur Ruhe bringen wollte. Dixi. Creuzburg den 16ten September 1786.

G. W. Pistorius.

———————

1.

In dem F. Amte C—g an der W—a,
wurde in den Jahren 1658. bis 1674.
die Ausrottung der Hexen durch Feuer und
Schwerdt mit einem solchen Eifer betrie-
ben, daß blos allein aus diesem Ort 5
Personen kurz hintereinander verbrannt
würden, die 6te aber während der Tortur starb, und unter den Galgen begraben
wurden. Die gerichtlichen Acten darüber
liegen noch da, und ich liefere daraus hie
einige Auszüge:

Elsa Hermann Rupprechts Ehe-
weib, ward nach dem Fol. 11 der wider
sie ergangenen Untersuchungsacten befind-
lte

lichen Extract aus den Acten der zu C--g justificirten Hexen von 3 bereits verurtheilten, der Hexerey beschuldigt, und man findet in den Acten verschiedentlich bemerkt, daß diese ihre Anklagen mit dem Tode versiegelt hätten. So schnell wie ein wachsamer Richter einer Räuberbande, die ein Gefangener Mitschuldiger entdeckt, nachspürt, und sie einzieht, so aufmerksam wurde damals den armen Hexen nachgeforscht, so schnell zog man sie zur Rechenschaft und verurtheilte sie. Kaum hatte die schon verhörte Pinkennägelin bekannt, daß die Rupprechtin dem Hexentanze ufm Hain zu C—g beygewohnet hatte, so ersannte schon der Schöppenstuhl in dem Urtheil, das jener den Tod brachte, dieser die Gefangennehmung. Zufolge diesem Urtel wurde die Rupprechtin eingezogen und über verschiedene Artickel vernommen. Unter diesen waren folgende:

Ob nicht wahr, daß Hanß Thielen Weib die itzig justificirte arme Sünderin, sie das Hexen gelernet?

Wahr, daß es geschehen, bald nach ihres ersten Mannes, des kleinen Müllers Tode?

Die

Die Inquiſitin beantwortete alles mit
Nein. Es iſt aber bey dem erſten Artickel angemerkt:

Die arme Sünderin ſagt ihr ſolches
ins Geſicht, und iſt darauf geſtorben.
Und bey dem letztern:

Die arme Sünderin ſagt, nach des
kleinen Müllers Tode, hat auch der
Inquiſitin den Ort, wo es geſchehen,
benahmet.

Weil nun aber die Inquiſitin dennoch
nichts geſtehen wollte, ſo kam die liebe
Tortur. Aber auch dieſe wollte Anfangs
keine Wirkung thun, darum wiederholte
und verſtärkte man ſie, und nun bekannte
die Inquiſitin, ſie wäre eine Hexe und
hätte das Hexen von der juſtificirten Schä-
ferin gelernt. Sie wäre von der Schä-
ferin mit folgendem Spruch:

Ich waſche meine Hände.
Thue einen reinen Boten ſenden.
Du ſeyſt gleich wo du wilſt,
Bey Reichen oder bey Armen.
Du wilſt Ihnen werden zu Spinn
                          und Feind
Als den Kröten unterm Zaun.
Und Ich in Deinem Herzen
Die liebſte und ſchönſte möchte ſeyn.
                                    Im

Im Nahmen des Vaters, Sohnes
und h. Geistes.

eingeweiht worden. Dann wäre sie ei=
nem ihr erschienenen hübschen Kerl bis an
Werrstadt nachgegangen. Dort aber
wäre ein Reiter mit längen Schußen wie
Hörner, mit 3 Ringen an der Hand, an=
gethan mit einem Koller und ledernen Ho=
sen und auf einem mit einer rothen Schnur
umbundenen braunen Pferde sitzend, zu
ihr gekommen, und vom Pferde abgestie=
gen. Dieser hätte ihr geschmeichelt und
ihr einen Dickthaler für ihre Gunstbezeu=
gung geboten. Und als sie ihm nachge=
geben, hätte er mit ihr in einem Erlen=
busche Unzucht getrieben.

Were ein junger Kerle, hette gel=
be Löf, ein schwarzbraun Angesicht,
undt seine Naturalia so kalt Alß Eiszae=
ken gewesen.

Auf dieses Reiters Verlangen hät=
te sie aber zuvor zween Finger in die Hö=
he halten und ihm nachsagen müssen, daß
sie sich an ihn halten und Gott im Him=
mel verläugnen wolle, denn sie könnte
nicht zween dienen. Und dann hätte er
ihr versprochen, daß sie genug haben soll=
te. Dort hätte sie der Reiter auch drey=
mal

mal mit Waſſer ins Teuffelsnahmen, und
daß ſie Gott und ſeinen Werken abſagen
ſolle, beſprengt. Die Hexentänze am
Hayn hätte ſie beſucht, und ihren Buhlen, mit Nahmen Stephan, in einem
Koller mit gelben Ermeln, dort angetroffen. Dieſer hätte daſelbſt die Fahne geführt,in welcher eine blaue und gelbe und eine bunte Docke geweſen wäre. Drey Spiel-
männer, eine Trompete und eine Fiedel
wären da geweſen, darnach hätten ſie ge-
tanzt, und zwar gienge der Hexentanz
links herum.

Am folgenden Tage läugnete die Jn-
quiſitin alles wieder. *) Man mußte alſo abermahls zur Tortur ſchreiten. Sie
that auch bald ihre Wirkung und die Jn-
quiſitin ſchilderte nicht allein das ganze He-
xenmahl und Ball, ſondern gab auch eine
Liſte von 16 weiblichen Gäſten, ad acta
wovon einige ſchon als verurtheilt, wohlbe-
dächtig in margine notirt ſind. Zum Ab-
ſchied gab ihr bey dieſem Schmaus Sig-
nor Stephan ein Pulver, welches ſie in
verſchie-

*) Weil ſie den Unſinn nur erdacht, um
der Marter auszuweichen.

verſchiedene Felder ausblies, und hieraus
entſtanden Raupen, die ſo unhöflich wa=
ren, ihr ihr eigenes Kraut abzufreſſen.

Am vierten Tage läugnete ſie indeſ=
ſen alles wieder.

Wenige Tage darauf wollte ſich die
Inquiſitin mit Glasſtücken, womit ſie ſich
in den Hals ſchnitt, ermorden. *) Man
entdeckte es aber noch zu rechter Zeit und
der Scharfrichter verband ſie. Hier trie=
te ſich aber ein äuſſerſt bedenklicher Um=
ſtand. Man nahm nemlich wahr, daß
während des Verbindens ein groſſes ſchwar=
zes Ding, wie eine Ratte auf dem Gie=
bel des Gefängniſſes ſaß, und zuſah. Die=
ſes Wunderthier hatte man ſchon vorher
als die Inquiſitin einmal aus dem Gefäng=
niß kam, an dem gedachten Orte geſehen,
und man fand daher für nöthig, ſolches
wohl anzumerken. **)

Weil

*) Welche verzweiflungsvolle Entſchlieſung
ſie den ihr noch bevorſtehenden Martern
und Schande vorzuziehen für gut fand.
Ⱥ. d. H.

**) Ich kenne jetzt Amtsdiener, die über
die Dummheit ſolcher Beamten herzlich
lachen.
Ⱥ. d. H.

Weil nun die Inquisitin weder durch Güte noch durch Schärfe zu einem festen Geständnis gebracht werden konnte: so machte man den Proceß kurz.

Hat Inquisitin vermittelst der scharffen Frage gestanden und bekannt, daß sie mit dem Satan, welcher sich Stephan genennet, Unzucht getrieben, und von ihm einen dicken Thaler bekommen, hernach mit ihm einen Bund gemacht, ihm geschworen, und hingegen Gott im Himmel abgesagt, und hätte der Satan sie mit Wasser getauft, darnach wehre sie mit auf den Hexentänzen gewesen, es wehre auch der böse Geist ins Gefängnis zu ihr kommen, und gesagt, Sie sollte sich hart stellen, Sie sollte keine Schmerzen mehr haben, undt hätte mit ihr Unzucht getrieben, Ihr auch vor vier Jahren ein Pulver gegeben, das sie ausgeblasen, daraus Raupen worden, undt Clauß Güntermanns Kuhe bezaubert und ihr die Milch genommen, hernach aber ihr Bekenntniß wiederrufen, undt alles geleugnet. Dafern nun die verhaffte Elsa Rupprechtin uff ihrer beschehenen Revocation, darüber sie nochmals in Gegenwart der Gerichtspersonen eigentlich zu vernehmen, beruhen
wird

wirbt, so ist sie wiederumb mit der
Schärffe anzugreiffen, uff die Inquisitional-Articful zu examiniren, und
ihre Außsage mit Fleiß aufzuzeichnen,
da sie nun ihre vorhero bekanute Unthaten undt Verbrechung gestehet, undt
nach etlichen Tagen außer dem Gefängniß undt dem Orthe der Tortur, ohne
Beysenn des Scharfrichters, jedoch in
Gegenwart der Gerichtspersonen und
Zeugen, ungebunden, unbedrohet und
also in der Güte undt frey willig uff vorgehendes Befragen uff ihre gethane Urgicht undt Bekänntnüß verharret, so
ist sie mit dem Fewer vom Leben zum
Todte zu bringen, und ungeachtet dieselbe folgends für öffentlichen peinlichen
Gerichte ihr Bekänntnüß wiederruffen
solte, solche Straffe an ihr zu exequiren und zu vollstrecken, wider die von
ihr angegebenen Personen aber ist in
Geheimb zu inquiriren undt auff sie fleißige Acht zu geben, daß sie nicht entgehen, von Rechtswegen, Uhrkundliche
mit Unserm Insiegel besiegelt.

Verordnete Dechant, Senior undt
 andere Doctores des Schöppenstuels zu Jehna. *)

         End-

*) Von diesen nachhero jetzt mit so geschickter
Uhuhu. 4ᵗ Part.   B   ten

Endlich heißt es, habe die Inquisi=
tin ihre schwere Sünde bereuet und ihre
Unthaten nochmals bekennet, daher sie
denn nach einer 2 Monat lang gedauerten
Inquisition am 27. Julii 1660 enthauptet
und darauf verbrannt wurde.

2.

Die zweyte dieser Hexen war Anna
Lünichin. Ihre Geschichte ist folgende:
Sie brachte einer Bekannten ein Stück
Kuchen. Die Beschenkte sowol, als al=
le andere, welche davon aßen, wurden
einige Tage darauf krank, erstere aber
klagte über Zerrüttung nnd Empfindun=
gen im Haupt und verfiel nachdem den 6ten
Tage darauf datirten Bericht, Fol. 6. gar
in Wahnsinn, so, daß sie bewacht und
geschlossen werden mußte, wovon sie sich
indessen bald wieder erholte und am 3ten
Jan. schon selbst wieder vor Gericht er=
schien.

welsen Männern besetzten Schöppenstuhl=
und Juristenfacultät sind besonders in je
nen Zeiten viele so erzdumme Urtheile
ausgegangen nnd dadurch klügere Perso=
nen als ihre verblendete Richter waren,
elendiglich umkommen.

A. d. H.

schien. Hier hatte nun die Obrigkeit das
Recht, die Sache zu untersuchen, denn
wahrscheinlicherweise waren die Krankhei-
ten der Leute, welche von dem Kuchen
aßen, Folgen eines schädlichen Krautes
oder Wurzel, welche die Lünichin ihnen
in dem Kuchen beygebracht hatte, und
weil sie S. 34 der Acten, läugnet, Kuchen weggegeben zu haben, solches aber
S. 84 eingestehet, und angiebt, daß sie
etwas von einer Wurzel, welche sie He-
renwurzel nennt, klein gerieben, in den
Kuchen gethan, so bestärkt solches jene
Vermuthung.

Allein dieser Umstand wurde nicht
von der Seite seiner würklichen Straf-
barkeit betrachtet und untersucht, sondern
er war nur Wink zu wichtigern Untersu-
chungen, denn gewöhnlichermaßen kam
Satan bald mit ins Spiel. Es wurde
nähmlich angezeigt, daß man einen Feuer-
klumpen aus der Inquisitin Hauß habe
ziehen sehen. S. 35 heißt es, Art. 10:

ob nicht vor wenig Wochen, gegen
Abend, ihr Buhl (Gott behüte Uns!)
aus Ihrem Hauße zum Hinterloch
herausgefahren?

Hierzu kamen denn noch andere Bezaube-

berungen, wodurch sie andere krank oder
voll läuse gehext haben sollte.

Jemehr man sich mit der Geschichte
der Hexenprocesse bekannt macht, desto
mehr findet man, daß bey dem gemeinen
Mann durchgängig ein Aberglaube herrsch-
te, der an Wahnsinn gränzt, und bey
welchem es nicht zu verwundern ist, daß
er so traurige und schreckliche Verwüstun-
gen anrichtete. So heilig dem gemeinen
Mann ein Eyd, besonders in den damaligen Zeiten war, wo Satan noch so sehr
gefürchtet wurde, so war er doch bereit,
die unsinnigsten Sagen für Wahrheit aus-
zugeben, und Urtheile, wie sie ein Trun-
kener oder Wahnwitziger hat, zu beschwören, welches denn auch die Obrigkeit auf
Treu und Glauben hinnahm.

Die Lünichin wollte ihre Hexereyen
nicht gestehen, sie kriegte daher die Tortur, starb aber während derselben.
In dem darauf erfolgten Rescript
heißt es:
Wann dann aus allen Umbständen er-
scheinet, daß die Lünichin vom Satan
umbs Leben gebracht seyn müsse, zumal da sie nachmittage wieder 1 Stunde uf die Leitter gezogen, nichts bekennen

nen oder antworten wollen, sondern
ganz stille geschwiegen, auch wie sie
von der Leitter gebracht, bald darauff
umbkommen ꝛc.

Diesem Befehl zufolge wurde sie durch
den Scharfrichter unter den Galgen begraben.

Nun heißt es S. 97 dieser Acten
weiter.

Actum am 26. May 1659.

Ist mit der Inquisition in Hexerey-
Sach, Pflicht und Gewissen halber fort-
gefahren undt folgende Persohnen als
Nachbarn verhöret darbey ernstlich ermah-
worden, die reine lautere undt unverfälsch-
te bekannte Wissenschaft zu eröfnen ꝛc.

3.

Die dritte Hexe, Anna Thielin wur-
be nun vorgenommen: Es wurden zuerst
die Nachbarn, und diejenigen, welche bey
ihr im Hauße gewohnt hatten, vernommen, da wurde denn ausgesagt, daß Läuse und Flöß genug im Hauße gewesen, und
vermuthlich von ihr hergekommen wären,
auch wieder eines Wunderthiers, eines
Vogels erwähnt, welcher in ihrer Stube einmal herumgeflogen und wieder weg-
gekommen wäre, ohne daß man gewußt
habe, woher oder wohin er gekommen
wäre,

wäre, da weder Thür noch Fenster offen
gestanden hätten. Die Frage aber:

ob Zeuge nichts gesehen, gehöret,
vermerket, von der Inquisitin, das
der Zauberey verdächtig sey? vndt
etwan der böse Feindt in Ihr Hauß eingezogen? blieb gröstentheils unentschieden.
Die Sache mußte aber mit Ernst angegriffen
werden und ich will das Protocoll S.
105 der Merkwürdigkeit wegen auszugs-
weise hersetzen.

Actum am 13. Febr. 660.

Nach hiebevor wohlgesprochenen Jeh-
nischen Vrthel ist, Hanß Thielen Schafmeisters zu L** Weibes wegen, fleißige
Erkundigung, in verdächtiger vnd beschul-
digter Hexerey eingezogen worden: vndt
nachfolgende Rucht und Vermuthung beygebracht:

1) Ist aus den Actis, der am 3ten Ju-
lio 1658. verbrandten Zauberin, Elsa
Kaiserin, offenbahr, vndt hats mit
ihrem Tode bestärket, daß diese Hanß
Thielen, Schafmeisters Weib, mit
Justificirter am Tanz gewesen, am
Hain zu L** vndt zu Pfersdorff uff Wal-
purgistagk. Fol. actor. 110.

2)

2) Hat Juſtificirte Barbara Pinkernäge:
lin, ſo am 23ten Nov. 1658. mit dem
Schwerdt gerichtet und darnach ver:
brandt worden: in der Vhrgicht am 27.
Oct. ſelben Jahrs, vff bemelte Thielin
bekandt, wie Fol. act. 116 zu verneh:
men, Iſt auch darbey bis ans Ende
verblieben.

3) Hat die verhaffte Anna Lünichin am 4.
Febr. inſtehenden Jahrs in der Vrgicht
act. 7 bekandt, daß dieſes Thielen Weib,
Wurtzel in der Eiſenacher Gaſſen, ge:
weſener Verhafftin gegeben, beim Brun,
alß ſie die Schaafe füttern wollen, daß
ſolche Graulichs Weib bekommen ſollte,
daß ſie wieder geſund würde, welches
Lünichin gethan, und ein Bißlein mit ei:
nem Meſſer klein gerieben, in ein Dem:
lein gethan, vndt hernach in dem
Platzkuchen gebracht, welchen Kuchen
hernach Graulichs Weib, ſo darauf un:
ſinnig, Feldmeiſters Kinder, ſo wohl
anbere, ſo von dieſen Platzkuchen geſ:
ſen, krank worden, bekommen: die
Wurtzel hatte dieſe Frau Hexenwurtzel
geheiſſen, iſt auch darbey beſtendigt
verblieben, wie in gedachter Vrgicht
zu ſehen?

4) Aus den Inquiſitions:Acten am 26ſten
May 1659. hat Sich befunden: daß

B 4   Georg

Georg Zwirner, ein Mann von 70 Jahren, off sein Pflicht vndt Gewißen ausgesagt, daß ober 20 Jahr die Rucht
von ihr gangen, man sie vor eine Zauberin halte? rc.

Bey den darauf angestellten Verhören, wollte das unglückliche Weib nichts
gestehen, es kam also die Tortur, welche
auch sie zum Geständniß brachte. Sie
erzälte nun, daß sie der Teuffel zur ewigen Verdammniß umgetauft, daß sie
beym Genuß des heil. Abendmahls die
Hostie aus dem Munde genommen und
den Wein ins Schnupftuch gespuckt, die
Hostie aber dem Teufel gegeben habe, welcher ihr 1 gl. dafür gegeben hätte; ferner
erzälte sie nun, daß sie mit dem Teufel
Unzucht getrieben und das, was sie von
ihm gebohren, verbrannt habe, um mit
der ausgestreuten Asche das Vieh zu tödten. Als sie die Hexentänze beschrieb,
bey welchen sie gewesen seyn sollte, fand
man vor nöthig, folgendes von Gerichts-
wegen dabey anzumerken:

NB. Also vor vngefähr 3 Jah-
ren eines Abends, bey L** offn Scherb-
daischen Bergk genennt, viel Kutschen,
Reuter, auch die zu Fuß gangen, vndt
Hun-

Hunde bey sich gehabt, sehen lassen,
hat man in der Stadt gemeinet, daß
es Kriegsvolk sey: Itzo berichtt Inquisitin, daß sie und ihre Geſellſchaft
auch darbey geweſen, were nach Wal-
purgis geſchehen, da ſie oben uff ge-
naundten Bergk hinwegk uff Iffta, vndt
förder uff Gerſtungen gezogen, da 4
Frauen (die ſie nicht nennen konnte,
herauskommen, vndt ſie empfangen,
vndt Gäſtereren vor Gerſtungen uffm
raſen gehalten.

Dem hierauf erfolgten Urtel:
hat Inquiſitin geſtanden vndt bekanndt,
daß ſie von der juſtificirten Pinkernäge-
lin das Hexen vor ungefehr 14 Jahren
gelernet, ſich von dem böſen feinde dem
Teuffel, zur ewigen Verdammnis tauf-
ſen laſſen, den Herrn Chriſtum hingegen verſchworen, mit dem böſen feinde unzucht getrieben, darfür ein Kopff-
ſtüke bekomme, vndt auff den Hexentänzen geweſen, auch Viehe durch pul-
verſtrewen geſterbet, vndt Hermann
Rupprechts Weib das Hexen gelernet ꝛc.

zufolge wurde ſie d. 18. May 1660. enthauptet und verbrannt.

B 5   3.

4.

Form eines Hexenprozesses

aus den alten Zeiten.

Herausgegeben von
Karl von Eckartshausen ꝛc. *)

Es lebte in einem Dorf in Deutschland ein Bauer, Veit Pratzer genannt.
Dieser Mann war wegen seiner witzigen
Einfälle und ganz ungewöhnlicher Mun-
terkeit seines Gemüths in der ganzen Gegend bekannt, in der er lebte. Wo man
eine Hochzeit hielt, wo ein Schmaus war,
ward Veit dazu gebeten: denn Veit er-
munterte die ländliche Gesellschaft.

Veit wurde etlichemal in Raufhän-
del verwickelt, und weil Veit ein starker
nervigter Mann war, so war der Sieg
meistentheils auf seiner Seite. Veits
Glück im Raufen war bald die Ursache,
daß ihn das abergläubische Volk für einen
Mann ausgab, der sich festmachen könnte.
Veit ließ die Menschen bey ihrer Meynung,
denn er hatte seinen Vortheil dabey: alles

*) Auszug aus dem vierten Bändchen des
Hrn. Hofrath von Eckartshausen Erzählungen.

les fürchtete ihn; und wenn es lärmen
gab, so sagte Veit nur ein Wort, und es
ward wieder Ruhe.

Eine Sage giebt bey abergläubischen
Leuten immer die andere. Furcht und
Neid vergrößern die Sachen, und Veit,
der vormals nur für einen Mann ausge-
schrieen wurde, der sich festmachen könnte,
war nun allgemein als ein Hexenmeister
bekannt. Veits Unschuld und Aufrichtig-
keit mit der er über dergleichen Sachen scherz-
te, waren die Ursachen seines Unglücks.
Man fragte ihn eines Tags, ob er auch
Mäuse machen könnte; und er bejahte es.
Der Tag der Kirchweih im Dorfe ward von
Wetten bestimmt, den Dorfjungen öffentlich
zu zeigen, wie er Mäuse machen könnte.
Veit gab sich mittlerweile alle mögliche
Mühe, so viel lebendige Mäuse zu fangen,
als ihm möglich war; es gelang ihm auch,
in kurzer Zeit gegen zwei Dutzend zu bekommen. Das Kirchweihfest war da,
und Veit sollte sein Versprechen halten.
Alle Innwohner des Dorfs, groß und
klein, alt und jung, erwarteten Veit in
der Schenke, und wollten Zeugen seiner
Hexerey seyn. Veit erschien und hatte einen großen twilchenen Sack bey sich, der
in der Mitte durch unternäht war, und
folglich zwo Oefnungen hatte. Eine Seite

te des Sacks war leer; in der andern Seite hatte Veit seine Mäuse verborgen. Nun
kam Veit in das Wirthshaus, stand auf
den Tisch, und sagte: Seht, Jungen,
dieser Sack ist ganz leer! bringet mir nun
24 kleine Kieselsteine, und werfet sie mir
in diesen Sack hinein, und ich will euch
24 Mäuse daraus machen. Die Jungen
brachten ihm 24 kleine Steine, und warfen sie in Veits Sack. Veit kehrte sich
in größter Geschwindigkeit auf den Tisch
um, *) sprach etliche unbedeutende Wörter, öfnete die andere Seite des Sacks,
und ließ seine eingesperrten Mäuse aus
dem Sack heraus; die so schnell, als sie
konnten, in dem Zimmer herumliefen und
sich flüchteten. Veits Erwartung war
aber ganz anders, als der Erfolg seines
Spaßes. Das thörigte abergläubische
Volk sah diese That für Teufelskunst an,
und Veit mußte sich mit größter Lebensge-
fahr aus dem Wirthshause retten, und sich
bald hernach gar aus seinem Dorfe flüch-
tig machen. Veit wollte zwar seine Unschuld retten, berief sich auf den Sack,
den

*) Und vermuthlich auch das Theil des
Sacks, worin die eingefangenen Mäu-
se steckten.
A. d. H.

den er im Wirthshauſe liegen ließ; allein
niemand gab ſich die Mühe, zu unterſu-
chen, und der Teufelsſack war ſchon längſt
verbrannt. Veit mußte ein Jahr lang,
wie ein Flüchtling im Lande herumziehen,
und wo jemanden Böſes geſchah, wo ein
Menſch einen Fuß brach, oder krumm
oder lahm wurde, da ward Veit als die
Urſache angegeben. Wenn der Hagel fiel,
oder der Donnerſchlag, ſo waren Hagel
und Donner Veits Werke. So gieng die
Sache fort, bis endlich die Obrigkeit auch
den armen Veit verfolgte. Veit kam in
die Inquiſition und ſtarb den Tod eines
Märtyrers, verurtheilt durch Aberglauben
und Dummheit.

Hier folgt ſein Prozeß.

Unterthänigſte Anzeige.

Johann N. hieſiger Amtmann und
Gerichtsdiener, macht die unterthänigſte
und pflichtmäſige Anzeige; daß er durch
ämſiges Ausſpähen in ſichere Erfahrung
gebracht habe, daß Veit Pratzer, oder
der ſogenannte Hexen-Veitl ſich öfters bey
einem Einödbauern in der Revier des
Nachts über aufhalten ſolle. Amtmann
ha-

habe daher dieses unterthänigst anzeigen, und keine Maaß geben wollen, was gegen einen solchen gefährlichen Menschen von Seiten einer hohen Obrigkeit vorgekehrt werden solle; womit er sich unterthänigst gehorsamst empfiehlt.

Unterthänigst gehorsamster
Johann N. Amtmann allda.

Amtsbefehl.

Amtmann! Der Befehl geht hiemit an dich, daß du dich sogleich mit Anhandneh= mung mehrerer Gerichtsdiener in das von dir angezeigte Einödbauernhauß begeben, alldort eine genaue Haußvisitation vorneh= men, und den dort sich befindenden Johann Pratzer, vulgo Hexenveitl, sogleich gefänglich anhalten, kreutzweis schließen, und auf den Wagen dergestalt zu befesti= gen, Anstalt machen sollest, daß gedach= ter Hexenveitl gleichwohl mit keinem Fuß die Erde betreten möge; wornach du dei= ne weitere Anzeige zu machen hast. Da= tum ut supra.

Gericht allda.

Weitere unterthänigste Anzeige.

Johann N. Amtmann und Gerichts= diener allhier, macht die weitere unterthä= nig=

nigſte Anzeige, daß er ſich ſogleich nach er-
haltenen Amtsbefehl mit Anhandnehmung
vierer Gerichtsdiener, Freytag Nachts
zwiſchen 10 und 11 Uhr, auf den Einöd-
hof, allwo der ſogenannte Hexenveitl ſich
befinden ſolle begeben habe. Alldort hat
der Amtmann obgedachten Veit Pratzer,
vulgo Hexenveitl, hinter dem Ofen auf der
ſogenannten loder liegend und ausgezogen
angetroffen, und ſelbem ſogleich im Nahmen der Obrigkeit den Arreſt ungekündiget.
Der Inquiſit hat ſich ſogleich ohne Wider-
ſtand ergeben, aber bitterlich zu weinen
angefangen, als man ihn mit Händ und
Füßen auf den leiterwagen dergeſtalt an-
ſchmiedtete, daß er frey in der luft zu hän-
gen gezwungen war. Jeſus, Maria!
ſchrie er auf, Ihr werdet mich ja doch im
Ernſt nicht für einen Hexenmeiſter halten?
Ich bin ohnehin armſelig genug. Ich Amtmann machte aber keine weitere Umſtände
mit ſelben, indem mir dergleichen Ausflüchte ſchon ohnehin bekannt ſind, ſondern
führte denſelben ſogleich in die Eiſenfrohnfeſte, allwo ich ſelben in die Hexenkelche Num.
16. tief unter die Erde in einen großen kupfernen Keſſel wiederholter angeſchloſſen,
und frey in die luft einsweilen aufgehan-
gen habe, mit der unterthänigſten Anfrage

ge, wie ich mich weiter mit dem Verhaf=
ten zu verhalten habe. Datum vt supra.

Unterthänigstgehorsamster

Johann N.

Amtmann allda.

Specification.

derjenigen Sachen, die man bey Verhaftnehmung
des Veit Pratzers, vulgo Herenveitl vorge=
funden hat.

1) In der rechten Rocktasche ein alt zer=
rissen Schnupftuch.

2) Eine zerbrochene papiermacheene
Schnupftabacksdose.

3) Eine alte Tabackspfeife.

4) Ein Stückel schwarzen Rauchtaback.
In der linken Rocktasche.

1) Einen Aufsatz von einem Memori=
al, daß man ihn doch wieder zu seinem
Weib und Kindern in seine Heimat lassen
möchte.

2) Einen Rosenkranz.
In der Hosentasche.

1) Ein Amulet und altes Skapulier.

2) Geld 4 kr. 3 Pf.

Amtsbefehl.

Amtmann! Deine weitere Anzeige
hat zur Nachricht gedient. Hast also gleich
Anstalt zu machen; daß bis Mittwoch
früh

früh zu gewöhnlicher Gerichtszeit sich zween Bader vom Ort in der Frohnfeste befinden, damit die Besichtigung des Delinquenten vorgenommen werden könne. Uebrigens hast du ihm alle Speisen, die du selbem zu seiner Nahrung darreichst, von dem Beneficiate des Orts vorläufig benediciren zu lassen. Actum vt supra.

Gerichte allda.

Hochgelehrter
Hochzuverehrender Herr Doctor!

Nachdem verflossene Woche Veit Pratzer, oder der berüchtigte sogenannte Hexenveith, in die hiesige Eisenfrohnfeste gefänglich gesetzt, und dem Kriminalproceß puncto sortilegii unterworfen worden: so findet man Gerichtsseits vor allem nothwendig, den Verhaften, in Beysehn Euer Hochedelgebohrn sowohl als zween verpflichteter Bader, ordentlich zu visitiren, ob sich an des Inquisiten seinem Körper kein stigma oder anderes signum diabolicum vorfinde. Euer Hochedelgebohrn belieben sich also Mittwochs früh allhier einzufinden. Man ist übrigens mit aller Diensterbietung

Euer Hochedelgebohrn
ergebenster ꝛc. ꝛc.

Uhuhu 4ᵗᵉ Pacht. C Pro-

Protocoll,

welches bey gerichtlicher Visitation des p&o solvilegii & muris factionis in Verhaft sitzenden weit Prasser, vulgo Hexenveitl, abgehalten worden ist, wie folgt;

Den 25ten als Mittwochs frühe begab man sich von Seiten des Gerichts mit Anhandnehmung der zween ad hunc actum verpflichteten Bader so wohl, als des hiezu eigens erschienenen Medicinae Doctoris & physici zu dem in der Eisenfröhnfeste p&o Hexerey & Mäusmachens in Verhaft sitzenden sogenannten Hexenveitl, welchen man in der unterirdischen ad talia scelera eigens bestimmten Hexenkeiche in einem kupfernen Kessel in der Luft hangend und mit beyden Füßen und Händen mit starken Ketten ganz nackend angeschlossen gefunden hat.

Von Seiten des Gerichts wurde sogleich Anstalt gemacht, daß gedachter Veitl von vier Gerichtsdienern aus dem Kessel herab, und, ohne auf die Erde gelassen zu werden, in das gewöhnliche Examinirzimmer sogleich auf einen großen Tisch, der mit vier geweihten brennenden Wachskerzen besetzt war, getragen und gelegt wurde. Alldort nahm man die Besichtigung durch den obgeordneten Doctor und die zween Bader vor; und ersah so viel, daß der Verhafte unter dem rechten Arm, nahe an der Brust,

ei:

einen ungefähr in der Größe eines Kreu-
zers sich befindenden schwarzbraunen Fleck
hatte, welcher einem Muttermale nicht un-
ähnlich war; allein, da die Meinungen
der hierbey erschienenen Bader so wohl, als
des Medici in Rücksicht dieser Muttermale nicht übereinstimmten, sondern vielmehr
ein billiger Verdacht obwaltete, daß gedachtes Muttermal bey dem ohnehin p&to
sortilegii sehr verschrieenen Hexenveitl vielmehr ein stigma oder sogenanntes Teufelszeichen seyn könnte, so nahm man keinen
Anstand, die gewöhnliche stigmaprobe an
gedachtem Hexenveitl durch den Scharfrichter vornehmen zu lassen. Zu welchem Ende man den Scharfrichter hereintreten lassen,
welcher mit dem geweihten Aal 3 Stiche über
das Creuz durch den schwarzbraunen Fleck
an dem Inquisiten gemacht hat. Bey den
ersten 2 Stichen zeigte sich kein Tropfen
Blut, wohl aber bey dem dritten, bey
welchem der Inquisit hellauf, Jesus, Maria und Joseph! zu schreien anfing. Nach
geendigter dieser Probe wurde der Inquisit ad evincenda omnia sortilegia am ganzen
Leibe rasirt, und auf die gewöhnliche Art
wieder in seinen Hexenkessel in die Reiche
zurückgebracht; wornach man über diesen
actum, nach vorher geschehener Beeidi-

qung, die zween Bader nachstehendermaßen vernommen hat:

Eibliche Aussagen

der zween ad criminalia verpflichteten Bader in Betreff des pᵏᵗᵒ sortilegii im Arrest sigenden Veit Pragers vulgo Hexenveitl.

Int. 1.

Wie Gezeuge mit Tauf= und Zunamen heisse ꝛc. ꝛc.

Ad Int. 1.

Heisse Johannes Kollmuth, 62 Jahr alt, von N. gebürtig, allwo seine Aeltern eine Taferngerechtigkeit inne hatten. Er seye verheyratheten Standes, und befinde sich dermalen schon gegen 30 Jahr allhier als Wundarzt.

Int. 2.

Gezeug solle sagen, was er bey der heutigen Visitation an dem Veit Prager oder sogenannten Hexenveitl

Ad Int. 2.

Er kan kein weiteres sagen, als daß er bey gedachtem Hexenveitl unter dem brachium dextrum oder rechten Arm nahe an der Brust einen schwarzbraunen Fleck entdeckt habe; welcher mit einem Muttermale sehr viele Aehnlichkeit hat; allein da die Muttermale doch meistentheils

wahrge-
nommen
habe.

stentheils mit denjenigen Sachen, an welchen die schwangere Mutter entweder erschrocken oder überrascht worden ist, einige Aehnlichkeit haben; gedachtes Mal aber solchergestalten beschaffen ist, daß man sich gar keines Dinges entsinnen könne, mit welchem es eine Aehnlichkeit haben solle, so vermuthet er Baber vielmehr, daß das an dem Herrenveitl entdeckte Mal vielmehr ein wirkliches stigma oder Teufelszeichen seye, welches um so mehr wahrscheinlich, ja evident zu seyn scheint, als selbes erst durch den dritten Stich des Scharfrichters geblutet hat

Er Deponent sey also des zuverlässigen Dafürhaltens, daß gedachtes Mal ein wahres stigma und folglich ein zuverlässiges Zeichen sey, daß gedachter Veit Pratzer ein mit dem Teufel im Pakt stehender Erzzauberer sey: wo-

C 3   mit

mit er seine Aussage be-
schließt und unterschreibt.

Joh. Kollmuth,
Bader des Orts.

Zweite
Person.
Interroga-
toria priora

Petrus Wahrmann, 30
Jahr alt, aus Siebenbür-
gen gebürtig, verheyratheten
Standes, und dermalen
Wundarzt allhier, giebt auf
gerichtliches Befragen ad
protocollum, daß er den
ǝcto sortilegii im Arrest
itzenden Veit Pratzer genau
besichtiget habe; er hat zwar
an gedachtem Pratzer einen
schwarzen Flecken unter dem
rechten Arm wahrgenom-
men, der aber seiner Mey-
nung nach nie in etwas weder für oder wider den Delinquenten wird dienlich seyn
können.

Er glaube, daß dieser
Flecken von Natur aus ein
Kindsmal an Veits Körper
war, und weil er bey sei-
nen Pflichten die Wahrheit
sagen muß, so könne er
nicht

nicht bergen, daß ihm dergleichen Visitationen jeder-
zeit lächerlich vorkommen,
und daß er gar keinen Be-
griff habe, was denn ein sogenanntes stigma oder Teufelszeichen seyn solle; ja es
scheint nicht einmal wahrscheinlich, denn der Teufel,
der der Freund der Zaube-
rer ist, wird hoffentlich seine Diener nicht brandmar-
ken. Und mehrs wäre, wie
kann ein Mensch so ein Zeichen bestimmen, von wel-
chem er keinen Begriff und
keine Kenntniße hat. Er
halte seinen Grundsätzen
nach dieses Mal in so lang
für natürlich, bis das Gegentheil ausdrücklich bewiesen ist; und wenn wird das
Gegentheil bewiesen wer-
den, da der Mensch so we-
nige Kenntniße in der Na-
tur hat.

Er glaube also, man
solle solchen ungewissen Pro-
ben das Leben der Menschen
nicht

nicht Preis geben: denn er
kenne eine Menge Men-
schen, die dergleichen Ma-
se haben, und von welchen
er zuverlässig versichert ist,
daß sie keine Zauberer sind.
Womit er beschließt und unterschreibt.

Peter Wahrmann,
Wundarzt allda.

Anmerkung.

Gerichtseits hat man dieses obge-
dachtem Peter Wahrmann nochmal vor-
gelesen, und da er selbes ungeachtet der
ernstlichen Erinnerung wiederholter be-
stättigte, so hat man ihm seine freigeiste-
rische Ausdrücke ernstlich verwiesen, und
ihn zu mehrerem Respekt gegen die Obrigkeit ermahnt, auch das Protocoll von ihm
eigenhändig unterschreiben lassen.

Bey Besichtigung des puncto sortilegii im Arrest sitzenden Veit Pratzers,
vulgo Herenveitl, hab ich bey gerichtlicher Visitation wahrgenohmen, und zwar

1mo, In latere dextro sub brachio
in regione des pectoris einen großen
schwarzbraunen Flecken, über welchen ich
mein

mein Parere medicum dahin abzugeben
habe, ob selber schwarzbrauner Flecken
ein Muttermal oder aber ein stigma verum seu diabolicum oder Teufelszeichen
sey. Nach reif überdachter Sache affir-
mo ultimum, und behaupte ex funda-
mentis medicinae philosophicis, daß das
bey Veit Prather vorgefundene schwarzbraune Mul ein verum stigma diabolicum
sey, und zwar ex rationibus sequenti-
bus —

Stigma diabolicum est signum in
corpore humano, diabolicum modo supernaturali in cute formatum.

Diese definitio stigmatis ist bereits
von allen Doctoribus Theologiae und
Kriminalisten accepta et recta definitio.
Aus welchem ich daher physice medice
schließe.

1mo. Est signum. Sie docet ex-
perientia, weil man so ein Zeichen an dem
Körper des Veit Prathers entdeckt hat.

2do. In corpore humano, am menschlichen Körper, weil Veit Prather ein Mensch
ist und folglich einen menschlichen Körper
hat, et etiam huc usque sortilegi, stry-
ges et sagae inter homines numerantur.

3tio Signum diabolicum, quia diabolus amat Colorem nigrum, & signa ig-
nifor-

C 5

niformis, welche einem Brandmal ähnlich, quod iterum confirmat opinionem.

4to Modo supernaturali in cura, Uebernatürlich: denn, wenn es ein natürliches Mal wäre, so hätte solches gleich auf den ersten Stich geblutet, quia Signum naturale non potest mutare substantiam corporis humani. Der menschliche Körper ist von Fleisch und Blut und der Verwundungen empfänglich, welches alles aber sich bey dem Brandmale des Veit Pratzers nicht gezeigt hat. Da nun nullum vulnus sine dolore in humano corpore kann verursacht werden, so kann man wieder rationabiliter schliesen, daß das bey dem Veit Pratzer vorgefundene schwarzbraune Mal ein verum stigma diabolicum sey, weil Inquisit erst bey dem dritten Stich einen Schmerzen bezeigt hat, aus welchen Gründen sich daher per evidentiam erweiset, daß gedachter Veit Pratzer eine mit einem stigmate diabolico versehene Person, id est ein wahrer Zauberer sei. Womit ich die Ehre habe mich zu empfehlen.

Datum vt supra.

Medicinae Doctor & Physicus.

Eid-

Eidliche Erfahrungen,

so wegen dem pacto sortilegii, im Verhaft sitzenden Veit Praßer, vulgo Hexenveitl von nach-
stehenden Personen eingeholt worden sind.

Int. 1.

Wie Gezeuge
mit Tauf- und
Zunamen heisse?
Wie alt? Von
wannen gebür-
tig? Wer dessen
Aeltern ꝛc. ꝛc.

Ad Int. 1.

Heisse Michel Kirsch-
vogel, 65 Jahr alt, von
Tagwerkersleuten ge-
bürtig. Er befinde
sich schon seit 15 Jah-
ren in N. ansäßig, alle
wo er einen halben Hof
im Besitz hat: seye ver-
heyratheten Standes
und mit 6 lebendigen
Kindern versehen.

Int. 2.

Ob Gezeuge
niemal in Arrest
gelegen, oder ma-
lefizisch behandelt
worden?

Ad 2.

Er seye in seinem
Leben niemal vor Ge-
richt gestanden.

Int. 3.

Ob er die Ur-
sache wisse, war-
um man ihn ge-
richtlich vorgela-
den habe?

Ad 3.

Er wisse die Ursache
nicht.

Int. 4.

Ob Gezeuge keinen gewissen Veit Praßer in Erkanntniß habe, und woher?

Int. 5.

Ob er gegen diesen Veit Pra-ßer keine Feind-schaft habe, auch, ob er selbem nicht anverwandt sey?

Im. 6.

Ob er von nie-mand einen Un-terricht bekom-men, was er vor Gericht aussagen solle?

Ad 4.

O ja! diesen kenne er recht gut: sey sein nächster Nachbar ge-wesen.

Ad 5.

Nein, er seye sel-bem nicht anverwandt, auch habe er im ge-ringsten nicht eine Feindschaft auf selben: wüßte nicht, warum.

Ad 6.

Sei von niemand-den unterrichtet wor-den.

Hierauf hat man Gezeugen nach ge-machter Erklärung der Schwere des Mei-neides, & facta admonitione de dicenda veritate, mit dem wirklichen Eide belegt, und weiters befragt:

Inter spec..

Gezeuge solle bey seinem Ge-

Ad 1.

Er könne in der Hauptsache von diesem Man-

wiffen ausfagen, was er von dem ihm bekannten Welt. Praher an-jugeben wiffe?

Manne gar nichts un-gleiches fagen. Er hat fich immer auf feinem Hof ehrlich fortge-bracht. Die allgemei-ne Sage war freylich, daß er etwas von der Schwarzkunft verfte-hen follte; allein er wif-fe halt auch nicht, ob dem alfo war. Er fei-nes Dafürhaltens ver-muthe, daß hinter der Sache nicht fo viel fte-cke, als die Leute dar-aus machen. Weit ift immer fleißig in die Kir-che gegangen, welches er gewiß fleißig hätte bleiben laffen, wenn er ein Hexenmeister gewe-fen wäre. Freylich fa-gen einige, er hätte verfchiedene Teufels-künfte gemacht; er aber könne bey feinem Ge-wiffen nichts davon fa-gen.

Int.

Int. 2.

Ob Gezeu-
ge niemals gesehn
habe, wie gemeld-
ter Veit Prätzer
sich im Wirths-
hause befunden,
und allvort ver-
schiedene Teufels-
künste gemacht
haben sollen? Zu
was Zeit dieses
geschehen, und
worinn diese Kün-
ste bestanden ha-
ben.

Ad 2.

Er könne sich erin-
nern, daß am Kirch-
weihfeste, vor einem
oder anderthalb Jah-
ren, gedachter Veit
sich ebenfalls in dem
Wirthshause befunden
habe, wo er Deponent
nebst noch andern auf
einem Seitentische et-
was Bier tranken. Der
Veitl stund auf einem
Tisch, und machte den
Bauernpurschen ver-
schiedenen Spaß vor.
Auf einmal entstund
ein Lermen, der Veitl
hätte Mäuse gemacht,
und wirklich liefen auch
eine Menge Mäuse,
wie Deponent selbst
mit Augen gesehen, in
der Stube herum. Dañ
entstund so ein Lermen,
daß sich der Veitl flüch-
tig machen mußte. Er
Deponent blieb aber
auf seinem Stuhle ru-
hig

hig sitzen, und beküm-
merte sich um diese Fa-
xereyen nicht viel.

Int. 3.
Ob Depo-
nent also die von
dem Beitl ge-
machte Mäuse
mit eigenen Au-
gen gesehen habe

Ad 3.
Die Mäuse habe
er freylich gesehen; aber
das wisse er nicht, ob
sie der Beitl gemacht
habe. Er glaube halt,
er werde die Mäuse
schon bey sich gehabt
haben, um den Bu-
ben einen Spaß zu
machen.

Int. 4.
Wo dann
die Mäuse hin ge-
kommen seyen?

Ad 4.
Wo werden sie
hingekommen seyn?
Sie werden halt in die
Mäuselöcher geschlof-
fen, und zur Thür hin-
ausgelauffen seyn.

Int. 5.
Deponent sol-
le mit der Wahr-
heit besser heraus
gehen: denn es
seyen ganz ande-
re Anzeigen vor-
handen.

Ad 5.
Er könne nichts
anders sagen, als was
er schon gesagt habe,
und wegen Andern mag
er einem armen Men-
schen nicht Unrecht
thun.

Int.

Int. 6.

Deponent sol-
le sagen, wie dann
die Mäuse ausge-
sehen haben.

Ad 6.

Wie werden sie
ausgesehen haben? als
wie halt die Mäuse.
Hat denn der Herr
Richter nie keine
Maus gesehen?

Int. 7.

Es komme aber
vor, als wenn sie
ganz übernatürli-
che Mäuse gewe-
sen wären.

Ad 7.

Das wisse er nicht
zu sagen, denn er ha-
be in seinem Leben noch
nie eine übernatürliche
Maus gesehen.

Int. 8.

Es kommt
aber auch vor, daß
die Mäuse in der
Wirthsstube ver-
schwunden sey-
en. Was er hier
zu sage?

Ad 8.

Seyen freylich ver-
schwunden, weil sie in
die Mäuslöcher ge-
schloffen und zur Thü-
re hinausgelaufen sind.

Int. 9.

Es will sich
aber bezeigen, daß
die Mäuse mitten
im Zimmer ver-
schwunden seyen;
was er hiezu sa-
ge?

Ad 9.

Das wäre rar.
Für seine Person ha-
be er nichts gesehen.
Es müssen die andern
bessere Augen gehabt
haben.

Iat.

Int. 10.	Ad 10.
Ob er alſo kein weiteres Proceß: dienliches anzu: geben wiſſe?	Nein, wiſſe nichts.
Int. 11.	Ad 11.
Ob er den Veit Pratzer für einen Hexenmeiſter hal: te?	Behüte Gott, daß er ſo übel von ſeinem Nächſten urtheilen ſoll: te? Für einen Spaß: macher halte er ihn, aber für keinen Zau: berer.

Hierauf wurde Gezeugen ſeine Aus: ſage nochmals vorgeleſen, und nachdem er ſelbe durchgehends beſtätigte, von ihm eigenhändig unterſchrieben.

Michel Kirſchvogel.*)

Anmerkung.

Da aus der ganzen Ausſage des Ge: zeugens ganz klar erhellet, daß Gezeuge entweder ſelbſt mit dem Hexenveitl unter der Decke ſtecken müſſe, oder daß gedach: ter

*) Dieſer Bauer und der Wundarzt Wahr: mann waren alſo geſcheider als die ho: he Obrigkeit und der lateiniſche Doctor. X. d. h.

D

ter Kirſchvogel ein unchriſtlicher Mann
ſeye, der das Mäusmachen und dergleichen Teufeleyen ohne Scheu in Bezwei-
flung zieht, ſo hat man dieſes pro obſer-
vatione Judicis kürzlich anmerken wollen.

Zweite Perſon;

Interrogato- ria priora.	Elliſabetha Spieglin, 62 Jahr alt, von N. ge- bürtig, allwo ihr Va- ter ein Tagwerker war. Sie ſeye bereits ſeit 7 Jahren im Wittwenſtand, und befinde ſich als Aus- träglerinn, bey ihrem Schwiegerſohne auf dem Hauſe. Seye niemals zu Verhaft gelegen, auch zu dem Veit Pratzer nicht anverwandt, noch hege ſie gegen ſelben eine Feind- ſchaft.

Teſtis jurata,

Int. ſpec. 1. Ob Depo- nentinn den Veit Pratzer oder Hexen- veitl kenne?	Ad 1. Ja, dieſen kenne ſie recht gut: ſey einer ih- rer nächſten Nachbarn.

Int.

Int. 2.

Was sie denn von diesem Veitl. anzugeben wisse?

Ad 2.

Eine Menge Sachen. Wenn sie vom Morgen bis Nachts erzählte, so könnte sie nicht alles sagen. Ihre Gevatterinn und die alte Dorothee nebst der alten Baumeisterkathl: diese wissen auch recht zu erzählen: denn diese sind bey der alten Spinnergretl oft in die Gunkel gegangen, und da hat ihnen die Gretl erzählt, was der Hexenveitl alles zu machen im Stande ist.

Int. 3.

Deponentinn solle also angeben, was sie vom genannten Hexenveitl wisse?

Ad 3.

Gott behüte und das heil. Kreuz! Der Veitl steht halt mit dem Schwarzen in Bekanntschaft.

Int. 4.

Wie sie denn dieses wisse?

Ad 4.

'S ist halt die allgemeine Sage, daß der Veitl hexen könne. Daß er fest ist, daran ist gar

D 2   kein

kein Zweifel: denn es haben ja die stärksten Buben nichts mit ihm richten können, und Mäuse habe er auch schon gemacht.

Int. 5.
Ob Gezeuginn dann die Mäuse gesehen habe?

Ad 5.
Freylich habe sie die Mäuse gesehen, als sie der Veitl im Wirthshaus gemacht hat. Das waren Mäuse, als wie die lebendigen Teufel. Gott behüte! †††

Int. 6.
Sie solle beschreiben, wie denn die Mäuse ausgesehen haben?

Ad 6.
Abscheulich haben sie ausgesehen, wie halt rechte Teufelsmäuse. Vor lauter Furcht und Schrecken habe sie sich nicht getraut, sie recht anzusehen.

Int. 7.
Ob Gezeuginn glaube, daß der Herrenveitl ein Herenmeister sey?

Ad 7.
Freylich glaube sie es: denn wenn er kein Herenmeister wäre, so würde er ja keine Mäuse machen. Worauf sie beschließt, und, des Schreibens

bens unkundig, ihre Aus-
sage mit drey Kreuzeln
bestätigt.

† † †

Anmerkung.

Die Gezeuginn, die eine alte from-
me andächtige Person zu seyn scheint, hat
ihre Aussage mit vieler Wahrhaftigkeit
aufgedeckt.

Nota.

Hierauf wurde auch von dem Richter die alte Gevatterinn Dorothee, die alte Baumeisterkathl nebst der alten Spinnergretl abgehört, welche alle in dem
nämlichen Ton, wie obige Gezeuginn aus-
sagten. Auch wurden überdieß noch 10
Bauernpursche vernommen, die in dem
Wirthshause zugegen waren, als der
Veitl sollte Mäuse gemacht haben: und
dieser ihre Aussagen bestunden darinn,
daß sie gehört haben, wie der Veitl gesagt hat, daß er Mäuse machen will; daß
sie in den Sack hineingesehen haben, ohne etwas zu entdecken; daß endlich die 24
Mäuse aus dem Sack herausgelaufen und
verschwunden seyen.

Nach diesen eingeholten eidlichen Erfahrungen wurde der Veit Pratzer exami-

D 3   nirt,

nirt, nachdem man ihn auf einen hohen
Stuhl mit Händ und Füßen angeschlof:
fen hatte, damit er nicht den Boden er:
reichen möchte. In seinem Examine be:
kannte der Unglückliche den ganzen Her:
gang der Sache. Er erzählte, daß er
den Sack unternäht und die Mäuse in ei:
ner Seite versteckt hatte. Aber was nütz:
te es? Es wurde ihm kein Glauben bey:
gemessen. Ich will hier Kürze halber
nur einige Extracte aus seinem Constituto
beylegen,

Extract aus Pragers Verhör.

Int. 44.	Ad 44.
Er solle doch nicht so boshaft läugnen, indem ihm alle diese Ausflüchte nichts hel: fen werden.	Er sey ein für allemal unschul: dig,
Int. 45.	Ad 45.
Man lasse ihm aber bereits unverhalten, daß seine vorgeblich versteckte Mäuse keine natürliche Mäuse wa: ren: was er hiezu sa: ge?	Was werde er sagen? daß sie halt, ungeachtet aller Aussagen, natürliche Mäuse waren,

Ad

Int. 46.

Inquisit sey doch
recht hartnäckig im
läugnen. Er solle
denken, daß er seine
Gefangenschaft ver-
längere und seineStra-
se erschwere. Er sol-
le also sagen, ob er
noch behaupte, daß
seine von ihm gemach-
te Mäuse natürliche
Mäuse wären.

Int. 47.

Man wolle ihm die
vorige Frage nochmal
wiederholen, und man
frage ihn, ob er nichts
hierauf zu erinnern ha-
be?

Int. 48.

Wie könne Consti-
tut sagen, daß dieMäu-
se natürlich waren,
nachdem er bereits
schon selbst ad Int. 46.
einbekannt habe, daß
die Mäuse von ihm ge-
macht worden seyen.

Ad 46.

Ja, er behar-
re hierauf.

Ad 47.

Er habe nichts
zu erinnern; aus-
genommen, daß
er unschuldig sey.

Ad 48.

Das habe er
niemalen gesagt.

D 4   Int.

Int. 49.

Wie? er könne der Obrigkeit so frech unter das Gesicht lügen? Hat man nicht in der ad Int. 46. an ihm gestellten Frage ausdrücklich per formalia gesagt, ob er noch behaupte, daß die von Ihm gemachte Mäuse natürlich wären? und da er dies bejahte, so habe er ja schon ausdrücklich eingestanden, daß er die Mäuse gemacht habe. Was er hiezu sage?

Int. 50.

Verstrickter solle angeben, was befundenes schwarzbraunes Mal bedeute?

Int. 51.

Durch was er diese seine Angabe beweisen könne?

Ad 49.

Dieses sey ihm zu gelehrt. Er sey ein glatter Mann, und habe sich auf solche Spitzfindigkeiten nicht gefaßt gemacht.

Ad 50.

Was werde dieses Mal bedeuten: es sey halt ein Muttermal.

Ad 51.

Wie werde er ums Himmelswillen sein Muttermal beweisen? Er

Er habe vor seiner Gefangenschaft selbst nicht gewußt, daß er ein Mal am Leibe hätte, und seine Aeltern, die schon lange verstorben, haben es, wie er glaubt, auch kaum gewußt.

Int. 52.

Man lasse ihm aber unverhalten, daß der an ihm vorgefundene braune Flecken kein Muttermal sey. Er solle also die reine Wahrheit eingestehen.

Ad 52.

Nun in Gottes Namen! Wen̄ der Fleck kein Muttermal ist, so wisse er bey seiner Seele nicht was es seyn solle. Und was wird denn dieser Fleck wohl zu bedeuten haben?

Int. 53.

Was er aber hiezu sage, wenn man ihm eröfnet, daß bereits eidliche Erfahrungen vor-

Ad 53.

Das mag wohl seyn; aber er könne sich nicht einbilden, was denn dies-

handen find, welche   dieser Flecken mit
ausdrücklich beweisen,   seinem Proceß für
woher dieser Flecken   einen Zusammen=
komme.   hang haben kön=
ne?

Hierauf wurden noch mehr derglei=
chen Fragen von dem Kriminalrichter an
den Gefangenen gestellt, und zu Ende des
Verhörprotocolls folgende Anmerkung hin=
geschrieben.

Anmerkung.

Der Inquisit hat sich während dem
Verhör folgendergestalt betragen, daß er
ad Inter. 45 erröthet, ad 46 erschrocken,
und ad 53 erwiesen hat, daß er ein ver=
stockter Bösewicht sey. Uebrigens ist sei=
ne Constitution so beschaffen, daß man ihn
keck mit der stärksten Tortur angreifen darf.

So waren die Akten, als sie der Ma=
gistrat zu N., der mit dem Iure gladii be=
gabt war, zur Entscheidung empfieng.
Es wurde hierüber auf dem Rathhause der
Vortrag gemacht, und die Stimmen wa=
ren sehr verschieden. Einige behaupteten,
daß Veit Pratzer gänzlich unschuldig und
zu entlassen sey; andere bekräftigten, daß
er durch die bereits abgehörte Zeugen des
Mäusemachens überwiesen, und folglich
ohne

ohne weitere Umstände sogleich lebendig
verbrannt werden sollte. Einige endlich
fanden, daß nur eine halbe Probe in Rücksicht des Mäusemachens vorhanden, und
daß also nach den peinlichen Gesetzen mit
dem Pratzer ad torturam müsse geschritten
werden. Die Majora (denn die Majora
entscheiden) fielen auch mit dieser Meinung
aus, und das Resultat des magistratischen
Spruchs war folgendes:

Conclusum.

Der pᵗᵒ Sortilegii et Murisfactio-
nis in Arrest sitzende Veit Pratzer, vulgo
Hexenveitl, ist durch die Aussage des Johann Kollmuth, Bader, ad Num, ꝛc. ꝛc.
und durch die Aussage des Medicinæ Doctoris ratione stigmatis zu convinciren, in
Rücksicht des Mäusemachens aber nochma-
len gütlich zu constituiren. Sollte er noch
in negativis verharren: so ist selber durch
die Aussagen der Elisabetha Spieglinn, der
Gevatterinn Dorothee, denn der Baumeisterkathl und der Spinnergretl zu confron-
tiren, auf ferneres läugnen ad locum tor-
turæ abzuführen, und mit einer dreyfa-
chen Tortur, mittelst Aufziehung und Un-
hängung der Steine, dann des Knie- und
Beinschraubens, nebst Korbschlagung,
dann

dann die intercalari mit somaliger Rieg-
lung in der eisernen Wiege anzugreifen.

Dieses Conclusum ergieng an den
Richter des Orts, wo Prager im Verhaft lag. Es wurde in Vollziehung gebracht. Der Unglückliche ward wieder vor-
geführt, und nach einem langen Constituto stellte man an ihn nachstehende Fragen.

Extract
aus dem *Constituts* - und *Convictions*-
Protokoll des Veit Pragers, *vulgo*
Hexenveitl, *puncto stigmatis.*

Int. 50.

Ob Verhafter also,
aller richterlichen Er-
mahnungen ungeach-
tet, noch hierauf be-
harre, daß er unschul-
dig sey?

Int. 51.

Er solle, als ein so
bekannter Bösewicht,
den Nahmen Gottes
nicht lange eitel nen-
nen: sonst würde man
ihm gleich sein boshaf-
tes Freveln austreiben.

Ad 50.

Ja er müsse es
bey Gott beken-
nen.

Ad 51.

Ums Himmels-
willen! Wen soll-
te er dann, als
Gott zum Zeu-
gen seiner Un-
schuld anrufen?
denn dieser wisse
es ja am besten.

Int.

Int. 52.

Ob er also noch im=
mer läugne, und ob
er noch nichts von dem
an ihm vorgefundenen
braunen Fleck wissen
will?

Int. 53.

Diese Ausflüchte
sind vergebens, indem
bereits eidliche Erfah=
rungen vorhanden, die
das Gegentheil bewei=
sen.

Int. 54.

Ob er es also gar
darauf wolle ankom=
men lassen, daß ihn
diese Leute seiner Un=
wahrheit und seines
hoshaften läugnens
überführen sollen?

Int. 55.

Ob Inquisit den Jo=
hannes Kollmuth,
Wundbader allhier,
und den M. Medicinæ
Doktor kenne?

Ad 52.

Er könne nichts
anders sagen, als
daß dieser Fleck
ein Muttermal
sey.

Ad 53.

Das könne uns
möglich seyn.

Ad 54.

In Gottes
Namen! er seye
unschuldig.

Ad 55.

Den Bader
kenne er wohl,
aber den Doktor
nicht.

Int.

Int. 56.

Ob er diese zwo Personen für ehrliche und rechtschaffene Leute halte?

Int. 57.

Inquisit solle also wissen, daß eben diese zwo Personen wider ihn aussagen, und ihn seiner Bosheit überzeugen.

Int. 58.

Ob er es also wirklich wolle darauf ankommen lassen, daß man ihm diese Leute unter das Angesicht stelle, und ob er ihre Aussagen hören wolle?

Ad 56.

Ja; denn er vermuthe von jedem Menschen Gutes.

Ad 57.

Das könne unmöglich seyn, wenn sie je einen ehrlichen Blutstropfen im Leibe haben.

Ad 58.

Ja!

Hierauf ist man Gerichtsseits zur wirklichen Confrontation des Inquisiten geschritten, wie folgt.

Confrontans.

Int. 1.

Johann Rollmuth, 62 Jahr alt, guten Leumunds, katholischer Religion,

Confrontatus.

Ad 1.

Er könne hierauf nichts antworten.

Int.

uglon, sagt aus, daß
der an dem Veit Pra-
her vorgefundene
schwarzbraune Fleck,
kein Muttermal, son-
dern ganz was anders
seye. Was er hierzu
sage?

Int. 2.

Imgleichen sagt aus,
MM. Medicinæ Do-
ctor, daß der an dem
Veit Praher vorge-
fundene schwarzbraune
Fleck kein Muttermal,
sondern ganz etwas an-
ders sey. Was er hier-
zu sage?

Ad 2.

Was solle er sa-
gen! man glaubt
ja seinen Worten
nicht.

Hierauf hat man Confrontato die
Aussagen des Baders und Medicinæ Doctoris quoad passus concernentes vorgele-
sen; und weil er ungeachtet der geschehe-
nen confrontation noch immer in negativis verharrte, nachstehende gütliche Inter-
rogtoria zu allem Ueberfluß noch an ihn
gesetzt.

Int. 59.

Inquisit habe nun

Ad 59.

Er habe es
ge-

gehört, was diese zween
unverwerfliche Zeugen
gegen ihn ausgesagt
haben; er solle sich
also nicht länger mit
lügen aufhalten.

freylich gehört;
aber demungeach=
tet sey er doch un=
schuldig.

Int. 60.

Inquisit solle den=
ken, daß man solchen
Leuten mehr Glauben
beymessen werde, als
ihm; solle also in sich
gehen, und die Gott
gefällige Wahrheit ge=
stehen.

Ad 60

Im Namen
Gottes! er leide
unschuldig.

Int. 61.

Ob er es also wirk=
lich auf die Ueberwei=
sung wolle ankommen
lassen?

Ad 61.

Es stehe ja
nichts in seiner
Macht; er müsse
sich gefallen .las=
sen, was man
mit ihm mache.

Weil also alles Zusprechen bey Ver=
stricktem vergebens war, so ist man mit
vinculirtem zur Conviction geschritten.
Man las selbem die Aussagen des Va=
ders so wohl als des Doktors umständlich
vor; wornach man den Convictionsfall nach
stehendermaßen vorgenommen.

Int.

Int. 1.

Inquiſit habe nun die Ausſagen der unverwerflichen Zeugen gehört; er habe gehört, daß ſie das bey ihm vorgefundene und vorgebliche Muttermal als ein wirkliches Teufelszeichen angeben. Ob er alſo noch nicht in ſich gehe?

Int. 2.

Man laſſe ihm alſo unverhalten, daß ungeachtet ſeines läugnens, die Gerechtigkeit den Ausſagen dieſer zween Zeugen mehr Glauben beymißt, als den ſeinigen, und daß er alſo durch dieſe Ausſagen convincirt, id eſt überwieſen iſt; daß der bey ihm vorgefundene ſchwarzbraune Fleck ein wirkliches ſtigma und Teufelszeichen ſey; daß er überwieſen ſey,

Uhuhu, 40 Pakr.

Ad 1.

Er ſeye aller Ausſagen ungeachtet unſchuldig.

Ad 2.

Um Gottes willen! Was iſt doch dieſes alles wunderlich!

E   daß

daß er ein Erzzauberer.
Es ist und bleibt also
der bey ihm vorgefun-
dene schwarzbraune
Fleck ein wahres Teu-
felszeichen.

Hierauf wurde der arme Pratzer wegen des Mäusmachen weiter von den Beamten examinirt: und als nun der Unglückliche immer bey der Wahrheit der
Sache blieb, so wurde er nach allen For-
malitäten des Rechts in die Marterstube
gebracht, allwo er auf der Folterbank, ehe
seine Pein anfieng, einen Becher voll sau-
ern aber geweihten Wein auf St. Johannis Segen austrinken mußte, welchen
Wein ihm der Scharfrichter ohngefähr so
in den Mund goß, wie man einem Pferde durch den Schinder den Arzneytrank
einschütten läßt. Der Unglückliche
konnte sich auf der Folter auch nicht schuldig geben, sondern schrie immer zum Himmel: Ich wollte gern gestehen, wenn
ich nur was gestehen könnte! Diese
Formalien machten den Richter aufmerk-
samer, er getraute sich mit der Tortur
nicht weiter fortzufahren. Er ließ den
unglücklichen Veit wieder in seinen Hexen

renkeffel schlieffen, und erftattete zur Ge
richtsftelle folgenden Bericht:

P. T.

Aus den beyliegenden Akten wird
der hohe Richter zu erfehen belieben, wie
weit fich die Akten mit dem p&to fortilegii
in Arreft fitzenden Veit Pratzer, vulgo
Hexenveitl, ergeben haben.

Von Seiten des Untergerichts getrau
te man fich mit der gefchloffenen Tortur
gegen den Vinkulirten darum nicht fort:
zufahren, weil er immer unter der Mar:
ter fagte, Formalia: Er möchte gern
geftehen, wenn er nur könnte. Aus
welchem fich wahrfcheinlich vermuthen
läßt, daß Inquifit mit der Taciturnitæt
oder fogenannten Teufelsmaulfperre,
behaftet fey. Man hat alfo diefen Vor:
fall Gerichtfeits einberichten und um wei:
tere Entfchließung bitten wollen.

Gericht allda.

Hierauf wurde bey dem Magiftrat
wieder Vortrag gemacht; und da man
fich über diefen unverhoften Zufall fehr
wunderte, auch fich in Sachen nicht recht
E 2 zu

zu helfen wußte, so fielen die Meinungen
per unanimia dahin aus, daß man die
Akten einer Universität um ihr Parere zu
schicken sollte.

Dieß geschah, und nach 3 Mona-
ten kamen die Akten von der Universität
wieder zurück, mit beygefügtem lateini-
schem Parere, (das man aber deutsch
mittheilt.)

Meinung der Universität.

Wir haben die Akten durchgelesen,
die die gelehrten und eblen Herren des
Magistrats zu N. wegen des in puncto
magiæ im Arrest sitzenden Veit Pratzer,
vulgo Herenveitl, uns communiciret, und
beliebt haben, unsere Meynung hierüber
einzuholen.

Wir durchsuchten die Sache genau,
und waren aus sichern Grundsätzen schlüs-
sig, daß gedachter Veit Pratzer wirklich
in die Zahl boshafter Zauberer zu setzen
sey.

Seine des Verhafteten durch die
Akten bestätigte Bosheit, und die mit-
verknüpfte Verblendung des Satans gab
auch unsern geschicktesten Männern der
Universität, sowohl im theologischen als
juridischen Fach, unendlich viel zu schaffen, bis sie endlich von Grund aus das
Inner-

Innerste dieser Vorfallenheit entwickelt
haben.

Die Frage ist dermalen nur von der
Taciturnität, oder von der sogenannten
Teufelsmaulsperre, und wir sind überzeugt
und des sichern Dafürhaltens, daß die
von Pratzer bisher bezeigte Hartnäckig-
keit im Stillschweigen nur durch Hülfe des
Teufels verursacht worden sey, der die
Zauberer der Hand der rächenden Gerechtigkeit zu entziehen sich äußerst bemüht, wie
Paulus Crillandus (J. C. ein alter Rechts-
lehrer) das Mehrere bezeugt.

Es bleibt daher kein Zweifel übrig,
daß oftgenannter Pratzer nur durch Teu-
felsgewalt verhindert wird, auf der Folter die Wahrheit zu gestehen, es werden
auch alle Bemühungen der Richter vergebens seyn, den Gefesselten zum Geständniß zu bringen, wenn man nicht zu über-
natürlichen Mitteln Zuflucht nehmen will.

Es ist keinem von uns die Gewalt
unbekannt, mit welcher geweihte und heilige Sachen auf Zauberer wirken, und
durch diese kann der Endzweck der Gesetze
erreicht werden.

Es ist nothwendig, daß der verstrick-
te Pratzer nackend ausgezogen, und mit
heiligen, benedizirten Wachskerzen bis auf

Das

das Blut gepeitſcht werde: dann wird
durch die heilige Gewalt ſeine Zunge los-
gebunden und des Teufelsmacht zerſtöhrt
werden.

Dieſe iſt unſere Meinung. Sie grün-
det ſich auf Erfahrung und Untrüglichkeit,
und iſt mit dem Wohl des gemeinen Be-
ſten genau übereinſtimmend, welchem daran liegt, daß die Welt von dem Gift der
Zauberei gereinigt und geſäubert werde.

Beſchloſſen von der theologiſch- und
juridiſchen Fakultät der Univerſität zu —
NN.
Rektor Magnificus.
N.
Dechant der theologiſchen und
N.
der juridiſchen Fakultät.

Als dieſes Parere im Rath bey dem
Magiſtrat verleſen wurde, ſo wunderte
ſich alles über die große Einſicht der Univerſität, und der Magiſtrat wollte nun
ſelbſt die Ehre haben, dieſen entſetzlichen
Zauberer durch einige aus ihrem gremio
weiter prozeſſiren zu laſſen, und befahl ſogleich dem Gericht, den Veit Pratzer
wohlverwahrlich in die Eiſenfrohnfeſte
nach der Stadt zu bringen.

Die

Die Sache ward bald ruchtbar, und
alles war in größter Erwartung, den He:
penvenill anfommen zu sehen. Endlich kam
Veit Prätzer auf einem hohen Wagen,
in dem kupfernen Kessel angeschlossen, von
14 Gerichtsdienern und 25 Bauern be:
gleitet. Alles sah den Unglücklichen an,
Groß und Klein fluchte dem Elenden, und
die Buben warfen mit Koth auf ihn, und
spieen ihn an. So ganz verunstaltet
kam er bey der Frohnfeste an. Ein Ker:
fer, der bereits gegen 8 Jahr nicht mehr
geöfnet worden war, der viele Klaftern tief
unter der Erde war, den keine Sonne be:
schien, den kein Lüftchen durchwehte, ward
Veiten zur Wohnung angewiesen.

Da schmachtete er noch einige Wo:
chen im gräßlichen Kerker, bis endlich die
Meinung der Universität an ihm vollzogen
würde. Jede der Magistratspersonen woll:
te der Commissair dieses Unglücklichen
seyn; ein jeder bildete sich ein, daß er sich
um sein Vaterland unendlich verdient ma:
chen würde, wenn Veit Prätzer zum Schei:
terhaufen kommen sollte. Der Zank un:
ter den Magistratspersonen war so stark,
daß bald Uneinigkeiten unter ihnen ent:
standen wären. Endlich wurde nach der
Meynung des Vorstandes die Sache durch
das Loos ausgemacht. E 4 Veit

Veit hatte das Glück, einen alten erfahrnen Rath zum Commiſſair zu bekommen, dem dergleichen Prozeſſe ſchon geläuſig waren: denn er hatte ſchon gegen 20 bis 30 Hexenprozeſſe geführt.

Alles freute ſich in der Stadt, daß dieſe wichtige Cauſa in die Hände eines ſolchen Mannes fiel. Nun gieng der Prozeß weiter fort.

Nachdem Pratzer nochmal conſtituirt ward, und derſelbe noch immer auf ſeiner Ausſage blieb, daß er unſchuldig ſey, ſo fragte ihn ſein Commiſſarius: ob er wohl des Teufels Maulſperre habe? Veit antwortete hierauf gar nichts mehr, vermuthlich, weil ihm dieſes Wort unbekannt war; und nun hatte der Commiſſär keinen Zweifel mehr, nach der Vorſchrift der Univerſität zu verfahren.

Veit wurde wieder in den Kerker zurückgetragen. Der Commiſſär lies zween ſchon beſtellte Geiſtliche in das Examinierzimmer treten. Da lagen vier lange gelbe Wachskerzen auf dem Tiſch. Die Prieſter nahmen die Weihe vor. Dann traten ſie wieder ab, und Pratzer wurde wieder entkleidet und bis zur Thür geſchleppt. Vier ſtarke Gerichtsdiener warteten ſeiner in der Gerichtsſtube; ein jeder war
mit

mit einer geweihten Kerze versehen. Der
Commissär gab das Signal. Pratzer
wurde in Ketten herein getragen, und im
Augenblick wurde er von den 4 Gerichts=
dienern, wie von 4 Tiegern, angefallen, und
so erbärmlich mit den Wachskerzen geschla=
gen, daß er schier wie todt da lag. Nach
einer Weile erhohte sich der Unglückliche
wieder. Nun ists Zeit zur Tortur, schrie
der Commissär, und Pratzer wurde mit
seinem wunden Körper zur Tortur abge=
holt. Habt doch Erbarmen mit mir, schrie
er aus, als man ihm die Beinschrauben
anlegte. Gut! wenn ihr es also so haben
wollt: so bin ich also ein Zauberer, so ist
mein Mal ein Teufelszeichen, und meine
Mäuse sind widernatürliche Mäuse! Dank
der Universität, schrie der Commissär, des
Teufels Maulspeer ist gelöst. Pratzer
wurde wieder auf die gewöhnliche Art in
dem Hexenkessel in das Examinirzimmer
zurückgetragen. Dann fragte ihn der Com=
missär mehrmalen, ob er also wirklich auf
seiner Aussage verharre, daß er durch Teu=
felskunst die Mäuse gemacht habe.

Pratzer sagte freylich, daß ihn der
Schmerz zu diesem Geständnis gezwun=
gen habe, und daß er unschuldig sey; al=
lein diese Aussage begnügte den Richter
nicht

nicht, wie es sich aus nachstehendem Ex‚
trakt des Verhörprotokolls umständlicher
bezeugt.

Extrakt

aus dem Verhörprotokoll des Veit
Pranzers, *vulgo* Hexenveitl,
de dato — —

Int. 12.	Ad 12.
Konstitut sey nun eiumal in sich gegan‚ gen, und habe aufrich‚ tig eingestanden, daß er mit Teufelshülfe die Mäuse gemacht habe. Er solle also nochma‚ len umständlich in die‚ sem freyen Ort, wo er von allen Fesseln und von der Furcht der Marter befreit ist, auf‚ richtig sein Verbrechen wieder eingestehen.	Wenn er die Wahrheit sagen muß, und wenn der Richter diese Wahrheit zu be‚ gehren von dem Gefangnen schul‚ dig ist, so müsse er in Gottes Na‚ men sagen, daß er unschuldig sey.
Int. 13.	Ad 13.
Weil Verhafter schon wieder boshaft läugnen will, so lasse man ihm unverhalten, daß man selben sogleich wieder	Man werde ihn ja ums Himmels‚ willen nicht wie‚ derum neuerdings martern: denn ehe er

zurück auf die Tortur
führen werde.

Int. 14.

Es komme nicht darauf an, ob Inquisit die
Folter ausstehen wolle
oder nicht: sondern es
kömmt auf die Frage
an, ob er sein gemachtes Geständnis widerrufe.

er die Folter wieder ausstünde, so
wolle er lieber sterben.

Ad 14

Er widerrufe
es nicht, und weil
er sehe, daß es ohnehin nichts mehr
nütze: so müsse er
halt sagen, daß
er ein Zauberer
sey.

Der unglückliche Pratzer wurde noch
weiter durch den Commissär über verschiedene Punkte befragt, endlich wieder in seinen Kerker zurückgebracht, und der äußersten Verzweiflung überlassen. Nach
einem Zeitraum von 14 Tagen wurde bey
dem Magistrat über Pratzers Leben entschieden, und derselbe wurde als ein ordentlicher Hexenmeister durch die Mehrheit der Stimmen zum Scheiterhaufen verurtheilt.

Hier folgt ein Auszug aus dem peinlichen Parere.

Extract

aus dem peinlichen Parere wider den
Hexenmeister Pratzer.

§. 26

§. 26.

Es scheint zwar, daß das von dem Praßer abgelegte Bekenntnis nicht so beschaffen sey, wie es die Gesetze zur Verurtheilung eines Uebelthäters erfordern. Es scheint, als wenn alles dasjenige, was Praßer eingestanden hat, mehr aus Furcht der Tortur, als aus eigenem freien Willen geschehen sey; allein wenn man in Erwägung zieht, daß gegen Inquisiten eine Menge unverwerflicher Zeugen in Rücksicht des Mäusemachens vorhanden sind, so bleibt kein Zweifel übrig, daß derselbe schon wirklich seines Verbrechens mehr als einmal überwiesen ist.

Wir wissen auch quod omnia improbitatis genera, quae magi in usu habent, de mago homine praesumi necesse sit, wie Joseph Bodinus *) in seinem Traktat de magorum demonomania L. 4. c. 4. gar schön schreibt: Si qua itaque, fährt er fort, saga damnata fuerit sortium magicarum, saga semper esse praesumetur, ac proinde omnibus impiis sceleribus inquinata, de quibus notantur magi & quamvis non

pro-

---

*) Ein einfältiger boshafter Zauberbeschreibent und Fabelhans.

A. d. H.

proceſſerit adverſus eam condemnatio, ſuf-
ficiet tamen accuſario, rumor, pudlicus
ſermo etc. etc.

Wenn man nun zu dieſen Anzeigen
das bey dem Prätzer vorgefundene und von
den Doctoribus und von denen in arte pe-
ritis wirklich als ein ſtigma erkannte Mal
rechnet: ſo läßt ſich gar im geringſten kein
Zweifel mehr haben, daß man nicht intre-
pide mit dem Inquiſiten ad mortem ſchreiten könne, als Fröhlich in ſeinem Tractat
luce clarius beweiſet, parte 2. l. 1. t. 3.
p. 19. daß die Zauberer mit einem dergleichen ſtigmate am Leibe bezeichnet werden, wann dieſelbe ein pactum ſolenne
mit dem böſen Geiſt ſchließen, wie noch
mit mehrerem in dem Girlando de ſorti-
legio, dann in des zitirten Bodini dæmo-
nomania, dann in des del Rio disquiſitio-
ne magica kann nachgeleſen werden. Re-
gula autem juris eſt juncta dictum Bodi-
num l. 4. c. 4. probationem minus legi-
timam in atrocibus et nocturnis maxime
criminibus (quale iſtud eſt) ſufficere,
quoties probatio certa non poteſt obti-
neri.

Alle dieſe Gründe bewegen mich daher, der ſichern Meynung zu ſeyn, daß
Veit Prätzer zu dem Scheiterhaufen geführt,

führt, und alldort lebendig, andern Zauberern zum abschreckenden Beyspiel, verbrannt werden solle. Salvo meliori.

Der Rath war durch die überzeugen-
den Gründe und wichtigen Zitationen über-
führt, und Veit Pratzer wurde, wie gesagt, zum Scheiterhaufen verurtheilt.

Nun war alles richtig; nur ergab
sich noch ein wichtiger Anstand wegen
Veits Kindern. Der Commissär fand
nöthig, diesen Anstand zu erinnern, und
nach abgeschlossenem Rathschlus fieng er
also an:

Propositio in causa criminali
des Veit Pratzers.

Meine Herren! Sie haben nun das
Todesurtheil über den Erzzauberer Veit
Pratzer gesprochen, und die Engel im
Himmel werden sich über Ihren Ausspruch
erfreuen. Da uns aber, meine Herren
Kollegen, wirklich daran liegt, daß wir
dieses Laster der Zauberey vertilgen, so ha-
be ich nur eine Anfrage zu machen: was
Sie beschliessen wollen, daß man mit Veit
Pratzers Kindern anfangen solle? Er
hat 2 Kinder, und vermuthlich sind diesel-
ben

ben auch schon zur Hexerey und Zauberey
abgerichtet: denn eines der größten Indi-
zien ist, wenn man von Aeltern gebohren
ist, die in puncto magiae gravirt sihd.
Der gelehrte Bodinus sagt: ante omnia ve-
re maximum indicium, si uno aut utro-
que parente natus est. L. 4. c. 4. Und
da nun überdas, nach oftgedachter Meinung des abzitirten Bodinus, wiederum
richtig ist, daß solche Zauberer alle ihre
Kinder dem Teufel verschreiben, quia nullum est sacrificium, sagt er, quod ab istis
hominibus diabolus expectat, quam ut
suos ipsorum liberos simul ac hauserunt
lucem voveant, dicentque diabolo so bleibt
kein Zweifel mehr übrig, daß nicht des
Weit Pratzers Kinder ratione magiae schon
wirflich convincirt sind. Aus welchen Gründen ich der unzweifelhaften Meinung wäre,
daß man gedachte Kinder in Arrest setzen,
dann als convictis in einer Badwanne
zu Tode aderlassen solle.

Conclusum

Der Rath hat sich der gelehrten Meinung des Referenten durchgehends verstanden.

Dem unglücklichen Veit Pratzer wurde das Todesurtheil angekündiget. Er
hat

bat sich weiter keine Gnade aus, als, noch
vor seinem Tode seine Kinder zu sehen;
allein auch dieses wurde ihm abgeschlagen,
und endlich erfuhr er von dem Kerkerknecht,
daß man solche in der Reiche zu Tode aber
gelassen habe. Diese Begegnung brachte den Elenden aus seiner ganzen Fassung.
Er ward wie ein Rasender. Diese seine
Raserey sah man aber mehrmalen für eine Wirkung des Teufels an, und der gelehrte Commissär machte den Vorschlag,
daß man zur Erleichterung der letzten lei-
benstage des Verurtheilten, nach der heili-
samen Meinung der Universität, mit den
geweihten Kerzen den Teufel reiterato fa-
stigiren solle, welches Mittel auch mehrmalen nach gemachtem Vortrag von dem
Rath approbirt worden ist.

Veit wurde wieder erbärmlich zerschlagen, und noch muthloser, als er jemals
war.

Endlich drang auch der Beichtvater
in ihm, daß er ihm doch seine Sünden
und Hexereyen aufrichtig beichten möge;
und da nun diesem der Prater aufrichtig
entdeckte, daß er in der That unschuldig
sey: so verließ ihn auch der Beichtvater,
und behandelte ihn als einen unbußfußfer-
tigen und boshaften Sünder. — Veit
wür-

Veit wurde wie ein Vieh zur Richtstadt
geschleppt, mit Koth geworfen, angespie-
en und verhöhnt. Und so endete der Unschuldige sein Leben.

**Verordnung des Magistrats
zur Execution des Veit Pratzers,
vulgo Hexenveitl.**

Der Scharfrichter hat eine eichene
Säule zu setzen, welche ungefähr 1 1/2
Elle tief in die Erde gegraben, und 4 bis
4 1/2 über der Erde herausgelassen werden
muß.

Diese Säule, nebst dem benöthig-
ten Holz, haben des Scharfrichters Knech-
te gegen Empfang ihrer Gebühren herzu-
führen, und auf den Richtplatz aufzurich-
ten. Um die Säule soll der Holzhaufen
errichtet werden, wozu man 10 Klaftern
trocken Holz, auch einige Bund Reiser,
3 Bunde Stroh, einen Stein hartes Pech,
und 1 Pfund gezogenen Schwefel begneh-
migt haben will.

An die Säule soll der Delinquent mit
3 Ketten angemacht werden, deren eine ihm
um den Hals, die andere um den Leib, und die
dritte um die Beine geht. Diese 3 Ketten sollen mit 3 Haken, vermittelst einer
Art, welche nebst Haken und Ketten das
Schmiedehandwerk eigens zu verfertigen

hat, an die Säule an= und eingeschlagen
werden. Bey der Execution soll der Schei=
terhaufen von den Henkersknechten ange=
steckt, des Veit Pratzers Körper langsam
verbrannt und seine Asche in der Luft zer=
streuet werden.

Urtheil.

Der von dem Malefizgericht öffentlich
vorgestellte Inquisit hat in seinen mit ihm
vorgenommenen theils gütlich= theils pein=
lichen Verhören quoad generalia ausge=
sagt:

1) Daß er Veit Pratzer, vulgo He=
xenveitl heiße, 38jährigen Alters, katho=
lischer Religion, von N. gebürtig, ver=
heyratheten Standes, und daß er ein an=
säßiger Bauer zu N. seye.

2) Gestunde Malefikant, jedoch erst
bey seinem dritten Verhör, wo es wirklich
auf die peinliche Frage angekommen ist,
daß er sich in verschiedenen Teufelskünsten
habe sträflich betreten lassen, wie er auch,
wie sich durch die eidlich eingeholten Erfah=
rungen durchgehends bestätigt, in dem
Wirthshause zu N. öffentlich übernatürli=
che Mäuse gemacht hat. Da nun

3) Maleficant und zwar hauptsächlich
aber puncto stigmatis. oder eines bey ihm
vor=

vorgefundenen Teufelszeichen vollkommen überwiesen worden ist: so hat der hiesige Magistrat gedachten Veit Pratzer zum Scheiterhaufen gerechtest verurtheilt, und obstehendes Endurtheil an ihm durch den Scharfrichter zu exequiren gnädigst anbefohlen.

Unterthänigster Commissions-bericht.

Einer P. T. hochrichterlichen Stelle will man unterthänigst und pflichtmäßig einberichten, daß die Exekution mit dem zum Scheiterhaufen verurtheilten Veit Pratzer, vulgo Hexenveitl durch den Scharfrichter auf das beste vollzogen worden. Nur wird misfälligst zu vernehmen seyn, daß der Veit Pratzer ganz unbußfertig dahingestorben sey, indem er noch auf dem Scheiterhaufen, da er schon ringsum mit Flammen umgeben war, ausgeschrien habe, daß er unschuldig sey: auch hat sich mittlerweile der vorgehenden Exekution bezeugt, daß eine Menge Raben über das Hochgericht geflogen sind, welche vermuthlich ihres Kameraden Seele in die Ewigkeit werden abgeholt haben (o! o! o!)

F 2   Con-

Conclusum.

Iſt unter die wichtigſten Hexenakten
ad perpetuam rei memoriam ad regiſtra-
turam zu hinterlegen.

5.

Die magiſche oder unſichtbare
Leyer. *)

Gerabe vor hundert Jahren, als
noch ſtupider Aberglaube, die fürchterlich-
ſte Geiſel der Menſchheit, den Verſtand
unſrer Vorfahren feſſelte, und zu Zerſtö-
rung der leidigen Werke des Teufels mancher Scheiterhaufen loderte, lebte in einer
der

*) Dieſe von einem thüringiſchen Beam-
ten mir mitgetheilte, wahrſcheinlich nach
alten Akten oder archivaliſchen Traditionen ſo moderniſirte Geſchichte eines
der Magie wegen peinlich behandelten
biedermanniſchen Leyermanns, verdient
hier einen Platz, ſo romantiſch auch der
wahrhafte Erfolg des Ausganges
iſt.

Der Herausgeber.

der älteſten Grafſchaften. Thüringens ein
leyermann, der wahre Orpheus ſeiner Zeit.
Kaum ertönte ſein Zauberſpiel auf irgend
einem Marktplatz in lieblichen Volkslie-
dern oder raſchen Nationaltänzen, ſo ſtun-
den plötzlich alle Geſchäfte ſtill. Käufer,
Verkäufer, Beutelſchneider und Müſſig-
gänger drängten ſich um den berufnen Ton-
zauberer, und vergaßen entweder in der
Trunkenheit des Wonnegefühls, ihrer Exiſtenz, oder tanzten ohne Unterſchied des
Standes in bunten Spirallinien um den
Spielmann, als die Axe ihrer Bewegung.
Selbſt Paſtoren wurden oft genug unein-
gedenk ihres abſtechenden Ornats, durch
unwiderſtehliche Attraction, in dergleichen
Zauberkreiße verflochten, und baten als-
dann, das ihrer lieben Gemeine gegebene
Aergernis, in öffentlicher Verſammlung,
mit heißen Bußthränen ab, glücklich genug,
wenn ſie durch dieſes Sühnopfer der ſtrengen
Cenſur unerbittlicher Conſiſtorien entſchlü-
pfen konnten.

Gehäufte Hutköpfe voll Geld, gro-
ber Sorten und Scheidemünze, war bey
dergleichen lyriſchen Intermezzo's, die gewöhnliche Belohnung unſers allgewaltigen
leyermanns.

Mit diesem belustigenden Talent
verband er annoch das nützliche einer nicht
gemeinen Kräuterkenntniß, deren er sich in
unschuldigen Tränken, Tropfen, Pulvern,
Pillen, Pflastern, Bähungen, und an=
dern willkührlichen Behikeln, zu augenblick=
licher Stillung wüthender Zahn = und Kopf=
schmerzen, Abtreibung verstockter Blähun=
gen, Erweichung hartnäckiger Verstopfun=
gen, Heilung geringer Verwundungen,
und andrer minder verwickelter Uebel zum
Bästen der leidenden Menschheit bediente/
und unzählichen preßhaften Personen sei=
ner Gegend, gegen eine mäsige Beloh=
nung, oder waren es Arme, ohnentgelt=
lich fast unfehlbare Hülfe schaffte. Es
war seine Existenz, in die zwo Hauptge=
schäfte der niedern Ton = und Heilungskunst
getheilet, die er beyde auf allen benachbar=
ten Jahrmärkten und Kirmsen, wohin ihm
seine Gättinn die kleine Hausapotheke nach=
trug, mit gleichem Succeß abwartete.

Und es konnte nicht fehlen, daß bey
diesem eben so redlichen als verdoppelten
Erwerb sein kleines Vermögen einen au=
genscheinlichen Zuwachs gewinnen mußte.

Denn nach wenig Jahren hatte un=
ser thüringischer Orpheus schon ein ansehn=
lich

lich Bauergut und seine Kapitale erworben,
wovon er nach seiner Weise ungemein be=
haglich lebte, und zugleich jede Pflicht ei=
nes gute Unnterthans aufs pünktlichste aus=
übte.

Leider! waren aber auch jene Quel=
len seines hervorstechenden Wohlstandes der
Grund seines nahen Untergangs.

Der Justitzbeamte, einer der geübte=
sten Herenspäher seiner Zeit, dürstete schon
längst nach einer bequemen Gelegenheit, die
ihm anvertraute Justiz durch ein feierliches
Brandopfer bestätigen zu können.

Die famosen Wirkungen der einträg=
lichen Talente unsers Leyermanns, und
der schnelle Zuwachs seines Glücks, leite=
te die, von unzähllichen Teufeleyen b. schwän=
gerte Phantasie des Beamten, auf die da=
mals sehr natürliche Hypothese eines pacti
cum diabolo. Und der Geistliche des Orts
verfehlte, nach dem angenommenen Prin=
cip seines Ordens, nicht durch allerhand
bedenkliche data, welche er in dem erfor=
derten priesterlichen Gutachten mit from=
men Wendungen einfließen ließ, im vor=
aus, einige brennbare Materialien, zu
dem künftigen Scheiterhaufen beyzutragen.

Grund und Beruf genug, den He=
renproceß, wie gewöhnlich, mit unvermuthe=
ter

ter Verhafftnehmung des schuldlosen Ley=
ermanns zu eröfnen, der so fort, unver=
hörter Sache an Händen und Füßen kreuz=
weis gefesselt, in ein grausenvolles unter=
irdisches Gefängnis auf der Burg hinab=
gelassen wurde, dessen enger Schlund sich
in der dunkeln Marterkammer öfnete, wel=
che unmittelbar an die Gerichtsstube gränz=
te. Schlangen, Kröten, Spinnen und
andere Scheusale der Natur, waren die
einzigen Gefährten der schrecklichsten Lan=
genweile, und man war grausam genug,
dem unglücklichen Wicht, sogar den Ge=
brauch seines Lieblingsinstrumentes zu ver=
sagen.

In dem Gerichtsarchiv stand seit den
Zeiten der Reformation, des berüchtigten
Thomas Münzers *) Kriegscasse, die in der
berühmten Bauernniederlage erbeutet wor=
den war. Darein wurde die unschuldige Ley=
er als ein leidiges Werkzeug des Teufels mit
größter Behutsamkeit verbannet, und der
Schlüß

*) Pfarrer zu Altstädt und Rädelsführer
einer wüthenden Bauernrotte, welche im
Jahr 1525. ohnweit Frankenhausen zer=
streuet, er selbst aber gefangen und ent=
hauptet, oder wie ein sicherer Chronken=
schreiber will, zu Tode gemartert wurde.

Schlüßel dazu, um den Vorwitz allen Zu=
gang zu verſperren, in den tiefen Brunnen
des Schloßes verſenket.

Der damaligen Verfaſſung gemäs,
entwarf der Inquiſitor nach ſeiner ſchwar=
zen Laune diejenigen Punkte, welche In=
kulpat, in Güte oder unter der Folter,
ſchlechterdings eingeſtehen ſollte.

Eher nicht als bey dem erſten Ver=
hör erfuhr der Gefangene, zu ſeinem tief=
ſten Erſtaunen, die Urſache der über ihn
verhangenen Procedur. Mit aller Frey=
müthigkeit eines unbefangenen Bieder=
manns, verneinete er die ihm angedichte=
ten Unthaten. Von einer Menge wider
ihn aufgeforderten Zeugen, ſagten nur we=
nige neidiſche Mitnachbarn ſeines Orts,
einige verfängliche Umſtände von minder
wichtigem Belang aus. Denn da er ſei=
nen Wirkungskreis, der Geſundheit und
den Freuden ſeiner Mitbrüder widmete, ſo
konnte er nur die niederträchtigſten unter
ihnen zu Feinden haben.

Deſto thätiger aber bewies ſich der
Herr Paſtor loci. Nach einem, dem Ge=
fangenen aufgedrungenen Zuſpruch, wo=
bey er durch den Gebrauch des elenchi=
ſchen Bindeſchlüſſels, der menſchlichen
Schwachheit einige ungeduldige Verwün=
ſchun=

schungen abzupreſſen wußte, reichte er
beym Amte ein hämiſches viſum repertum
über den unheilbaren Seelenzuſtand des
Beſchuldigten ein, vermöge deſſen er,
die unfehlbare Gewißheit eines, von
dem unglücklichen Leyermann, an den
böſen Feind, auf ſeine arme Seele aus:
geſtellten Sola - Wechſels, bey Prieſter:
Pflicht bekräftigte.

Nun konnte nur die Gottheit ſelbſt
den armen Leyermann von dem zubereite:
ten Untergange retten.

Die allgemein anerkannte Präſum:
tion für die Gewißheit des Hexenweſens,
gegen welche die menſchlichere præſumtio
viri boni unkräftig war, die Aeuſerungen
zwar verdächtiger, aber propter atroci-
tem delicti nicht ganz verwerflicher Zeu:
gen, und das untrügliche Gutachten des
Pfarrers, waren die ſichere Grundfeſte
eines Zwiſchenurteils, Kraft deſſen

 Inquiſit zuvörderſt in Güte, bey
 verweigertem Geſtändnis, mit:
 telſt ziemlicher Tortur, über die
 eigends vorgeſchriebenen Punkte,
 befragt werden ſollte, ferner dar:
 auf zu beſchehen was Recht iſt.

Faſt erlag die untergrabene Natur
des unglücklichen Virtuoſen, angeneh:

mer

mer Scenen gewohnt, unter dem Anblick
des fürchterlichsten Apparatus von Hand=
und Beinschrauben, Schnüren und Fol=
terleiter, deren mörderischen Gebrauch
der gedungene Peiniger, mit teuflischer
Suada zu erklären wußte.

Doch sammlet' er alle Kräfte, um
noch einmal seine Unschuld standhaft zu
betheuren, und das äusserste abzuwarten.
Kaum war er auf die Folter gespannt und
mit den Daumenschrauben der Anfang
gemacht, als ihm die Pressung über=
schwenglicher Schmerzen, einen unwill=
kührlichen Laut *) abdrung, den man für
ein besto gewisseres Zeichen der Logisver=
änderung des bösen Feindes anerkannte,
da nunmehr der arme Sünder sich zu ei=
nem freywilligen Bekenntnis bequemte.

er

*) Hierüber soll das gerichtliche Protocoll
in dem Styl damaliger Zeiten, folgen=
des besagt haben: — — ließ der ar=
me Sünder einen so entsetzlichen bom-
bum streichen, daß dominus præfectus
und wir alle vor Schrecken zusammen
fuhren, und vor Pech= und Schwefel=
geruch kaum bleiben konnten, daraus
wir scheinbarlich vermerk't, daß ihn der
böse Feind verlassen u. f. w.

Er gestand demnach, daß er sich dem Satan auf funfzehn Jahr mit Leib und Seele verschrieben, dagegen die Leyer mit der anklebenden talismannischen Qualität der möglichsten Fertigkeit und Harmonie, erhalten habe, auch von ihm mit medizinischer Zauberkraft begabet worden sey; bey den nächtlichen Walpurgisgelagen auf dem Blocksberge als perpetuirlicher Spielmann aufwarten müßen, u. s. w. mit allen Umständen, die ihm die Furcht einer neuen Marter eingab.

Nach einer blos um des Ceremoniels willen verstatteten seichten Defension; ergieng folgendes Endurtel:

Daß Inquisit der getriebenen Zauberey halber, mit dem Feuer vom Leben zum Tode zu bringen. V. R. W.

Schon hatte der Amtmann den Plan zu dem feyerlichsten hochnothpeinlichen Halsgericht, und der Geistliche, zu der erbaulichsten Begleitung des armen Sünders auf den Richtplatz, entworfen, beyde auch ihre Collegenschaft und Confraternität aus der Nachbarschaft, zu diesem Fest eingeladen, schon war eine ungeheure Menge Holz aus dem nahen Forst, zum

zum Scheiterhaufen angefahren, und
das Schlachtopfer zur Todesbereitung,
in ein bequemeres Behältnis gebracht.
Schon putzte ein Heer verworfener Büt-
tel und Henkersknechte seine verrosteten
Plempen zur fürchterlichen Parade *) bey
dem unmenschlichen Schauspiel, als ein
deus ex machina dem schadenfrohen Gesindel mit einemmale den Spaß verdarb.
Unmöglich konnte das feinere Ner-
vensystem eines Virtuosen, dem nagen-
den Verdruß über ein unverdientes Schick-
sal, und dem Uebergewicht körperlicher
Leiden, lang' entgegen streben.

Seine Maschine begann plötzlich zu
stocken, und wenig Minuten vor ihrem
gänzlichen Stillestande, redete der Ster-
bende den herbeygerufenen Amtmann und
seine Gehülfen, in dem pathetischen Tone eines entzückten Sehers folgendermaßen an:

"Ich litt unschuldig — und das
habt zum Zeichen: von nun an
wird aus der Gruft, worinnen
du

---

*) Concilium horrendum nennet Virgil ei-
nen ähnlichen Clubb. Aen. III., 679.

du mich lebendig begraben ließest, der kreischende Schall einer ver-stimmten Baßleyer, mit gräßli-chem Schnarrwerk, in Todesme-lodien eure Ruhe stöhren, bis nach hundert Jahren, einer deiner Nachfolger, wird die verachtete Leyer zu Ehren bringen, in die Hauptstadt ziehen, und mit stattlicher Kunst Gnade finden vor dem ersten der Menschen-freunde.

Er sagt's und verschied. Sogleich gieng die Prophezeyhung buchstäblich in Erfüllung.

Nicht selten ertönte die unsichtbare Leyer, gerade zur ungelegensten Zeit, wenn in der nahen Gerichtsstube ergiebi-ge Prozesse keimten, und verleitete die er-bitterten Partheyen durch melancholische Sterbegesänge, zu einem unzeitigen Vergleich.

Um dem Unwesen zu steuern, wurde der Eingang des seit der Zeit unbrauchbaren Gefängnisses verschüttet, aber vergebens. Doch wurde man dieser Spukerey, wie aller andern Uebel, nach und nach so ge-wohnt, daß man sie eben so wenig em-
..... pfand,

pfand, als die Bewohner der Mühle das
betäubende Getöße des Triebwerks.

Nur zwey Jahre fehlten noch an
dem endlichen Ziele der Verwünschung,
als der dermalige Gerichtshalter bey Auf-
räumung des verwilderten Archivs, vor-
witzig und entschlossen genug war, die
Münzerische Kriegskasse, durch den Haupt-
schlüssel einer unwiderstehlichen Holzaxt
öffnen zu lassen.

Hier fand er die längst vergessene
und bey ermangelnden Inquisitionsakten,
nur in ungewissen Traditionen erwähnte
Leyer des unglücklichen Spielmanns, aber
o Wunder! seit acht und neunzig Jahren
noch in den reinsten Akkord gestimmt.

Eine kleine Kenntniß der Tonkunst erweck-
te in ihm die Idee, daß dies verachtete In-
strument höherer Bestimmung fähig sey, und
ein Kunstverwandter, dessen Namen das
räsonnirende Dorfkonvent *) mit Recht
celebriret hat, vollendete diese Vermuthung bis zum Entschluß, die vaterländi-
sche Leyer der unverdienten levis notae
macula zu entreißen.

– Nach

———————————
*) S. achter Diskurs, S. 125. Erfurt 1785.

Nach einer zweyjährigen Uebung wagt' er es jüngst, sein Spiel in Thüringens Hauptstadt öffentlich hören zu laffen, und fand Gnade vor dem ersten der Menschenfreunde. Seit der Zeit verstummte die unsichtbare Leyer.

6.

Beytrag zum Uhuhu, von einem Leser desselben in Franken.

(mittelst eines anonymischen Briefes an die Verlagsbuchhandlung mitgetheilt.)

Zu R.., einem Dorfe in Franken, wurde (im Jahr 1786. *)) von einer Bauersfrau erzählt, daß sie behext sey; wie denn dergleichen Gerüchte von Hexereyen und Gespensterscheinungen in jener von Katholiken und Protestanten bewohnten Gegend nicht selten sind. Dies-mal

*) Diese Jahrzahl, wohl angesehen! — und nachfolgende Bayerische Pfaffenbetrugsgeschichte, — beweisen die Meynungen des Herausgebers des Uhuhu, und widerlegen manche in aufgeklärten Städten lebende Stubengelehrte, die sich nicht vorstellen können, daß es noch immer so schwachköpfige Richter gebe.
A. d. H.

mal hielt der dortige Beamte die Sache
seiner Aufmerksamkeit werth. Er bestellte zu
der Untersuchung der ihm angezeigten
abenteuerlichen Geschichte den benachbar-
ten Centbeamten und Physikus, und schien
von der Wahrscheinlichkeit eines, so abge-
schmackten Gerüchts sich desto leichter zu
überzeugen, weil es eine ehrliche und einfältige (ja wohl einfältige!) Frau betraf.

Diese Frau hatte ein kleines Geschwür
in der Gegend des Gesäßes, welches sie
nicht sehen noch selbst behandeln konnte.
Sie zeigte eine Menge von Federn, Bind-
faden, Stückchen Wachstuch, Strohhalmen
mit den Aehren, und andern seltsamen
Dingen, welche ihre Tochter, ein schel-
misches Mädchen von 11 Jahren, aus
dem behexten Geschwüre herausgezogen
haben sollte.

Man untersuchte das Geschwür und
fand die Oeffnung desselben so eng und so
wenig tief, daß es eine physische Unmög-
lichkeit war, nur eins von allen diesen
Stücken dahinein oder herausgebracht zu
haben. Aber was ist einer Hexe nicht
möglich?

Man betrachtete auch die vorgezeig-
ten corpora delicti, welche das Kind der
Mutter überliefert hatte, und ganz ohne

Schmerzen herausgezogen haben sollte;
da fanden sich die Federn so rein und pfläu-
mig, wie sie von der Gans kommen, die
feinsten Spitzen der Aehren, welche doch,
zur Vermehrung des Wunderbaren, zum
theil auch verkehrt herausgekommen waren, unversehrt und ganz im natürlichen
Zustande, überhaupt nirgends Spuhren
von der schmutzigen Herkunft dieses Teu-
felszwirns. Das muste nun selbst dem
eifrigsten Vertheidiger aller lächerlichen
Hexengeschichten verdächtig scheinen.

Es wurde dem herbeygerufenen Kin-
de ein Stück Geld gebothen, wenn es
einmal in Gegenwart einer Gerichtsper-
son ein solches Wunderding herauszieben
würde, und seit der Zeit ist nichts mehr
weder von der gänzen Alfanzeren, noch
von einem Hexenprozesse zum Vorschein
gekommen.

Daß man das Kind wegen seiner
Schelmereyn, zum abschreckenden Beyspiel
für andere, nachdrücklich gezüchtigt, und
daß der Beamte, welcher weder Ihren
Uhuhu, noch den Thomasius kennen mag,
sich von der wahren Beschaffenheit dieser
Sache überzeugt habe, sollte man ja wohl
meynen. Aber ob überhaupt die Fackel
der Aufklärung, wenn sie auch ein hell-
den-

denkender Menschenfreund daselbst anzün=
den wollte, nicht im Dunst alter Vorur=
theile verlöschen werde, und ob der von
Dummheit und Bosheit genährte Aber=
glaube jemals werde aus seinem verjähr=
ten Besitz verdrängt, oder zu Grabe ge=
bracht werden können, das wird die Zeit
lehren:

Zusatz des Herausgebers des Uhuhu.

O ja! zur Ehre unsers Jahrhunderts
hoffe ich dies und freue mich, daß doch
dieser mir unbekannte aufgeklärte Corre=
spondent den Zweck dieses Büchleins nicht
verkennet, und er selbst zu glauben scheint,
daß die entwickelten Geschichten bey den
Claßen besonders viel beytragen möchte, wo
solche Dummheit und gefährlicher Aberglau=
be schlimme Folgen hat. Möchte es ihm gefäl=
lig seyn, auf gewehltem Weg den Nahmen des
Beamten bekant zu machen; so wollte ich ihm
ein Exemplar des Uhuhu postfrey zuschicken,
vielleicht daß er dadurch die Schuppen von
seinen Augen fallen sähe, und sich künftig
schämte, solche Schmutzereyen nur anzu=
hören. Uebrigens danke ich dem Mitthei=
ler dieser komischen Hexengeschichte herzlich
und bitte, auf solche altfränkische Justiz=
geschichtchen ferner sein Augenmerk zu rich=
ten, und wo es ferner spukt und hext, solche
Nachrichten mitzutheilen.

X. d. h.
6.

G 2

6.

Aus der Berl. Monatsschrift, Monat Septbr. pag. 249. *)

Zu Neuberg, im Gericht Pfädter, Regierung Str..b..g, heyrathete ein junger Bauer eine Bäuerin von Martenbach. Des Jungen Großmutter lebte noch, ein Mütterchen von neunzig Jahren, die weiter nichts zu thun hatte, als daß sie hinterm Ofen saß, die Hühner zusammen pipperte, und sich in der Früh die Kuh selbst melkte, welche (wie es bey dergleichen Leuten Sitte und Gewohnheit ist) sie bey ihrem Guthsbesitzenden Enkel im Bestand hatte. Die 2 Eheleute liebten einander zärtlich. Der junge Bauer hatte zugleich viel Liebe und Achtung für seine Großmutter; auch die junge Bäuerin liebte sie.

Es

*) Fast wörtlich abgedruckt aus der im Jun. ausgetheilten Schrift eines verständigen Patrioten: Neuster Hexenprozeß aus dem aufgeklärten heutigen Jahrhundert, oder: So dumm liegt mein bayerisches Vaterland noch unter dem Joch der Mönche und des Aberglaubens. Von A. v. M. 786. 1 Bg.

Es war um das Frühjahr, als auf eins
mal die Kühe des Bauern keine Milch mehr
gaben, indeß die Kuh der alten immerfort ihre Milch von sich gab, wovon sie ihrer Enke in
darreichte, so viel sie entbehren konnte. —
Eheleute würden stets in Einigkeit leben,
wenn nicht die Dienstboten so viel Hader
und Zank stifteten. Eine leider durch hundert Erfahrungen bestätigte Wahrheit!
So geschah auch unserm jungen Paar. Unter den Dienstmägden war eine, welche
mit der Wirthschaft nicht zu redlich um-
gieng, und immer mehr ihren Nutzen, selbst
zum Schaden ihres Herrn, suchte. Die
alte Mutter ertappte sie einmal auf einer Un-
treue und verwies es ihr mit der Drohung,
solches zu entdecken, wenn sie sichs wieder
gelüsten ließe, dergleichen zu begehen.
Von diesem Augenblicke an dachte das
Mädchen an Rache, welche zu nehmen sie
nun Gelegenheit zu haben glaubte, als die
Kühe keine Milch gaben. Die Alte ist
eine Hexe, die hat die Kühe bezaubert
daß sie keine Milch mehr geben. Mit
diesen Worten lief sie das ganze Dorf aus
und erzählte Allen und Jeden: Die Alte
ist eine Hexe, und so weiters. Der Lärm
wurde groß, und der junge rechtschaffene
Bauer hatte Mühe, seine Grosmutter

vor

vor Mißhandlungen des dummen Pöbels
zu schützen. Er verwies es der Magd sehr
scharf und drohte, sie zur Rechenschaft zu
ziehen, wenn sie dergleichen Ungereimthei-
ten nochmals anfienge.

Die Magd arbeitete nun in der Stille, und gar bald hatte ihre Rachsucht Mittel auszufinden gesucht, die die alte und
junge Bäuerin zum Schlachtopfer machten.
Sie wußte die junge Bäuerin darauf aufmerksam zu machen, daß die Kuh der Alten
nur allein, und die ihrigen keine Milch gaben. Diese war im Anfange gleichgültig,
wurd' aber, weil die Sache immer länger
sich verzog, und die Kühe sogar Blut gaben, sehr wieder die Alte eingenommen und
hielt sie auch für eine Hexe. Ganz natürlich,
daß die Magd nun schon sicherer in ihrem
Plan fortfahren konnte. Sie brachte
mit einer sehr geheimnißvollen, aber zu-
versichtlichen Miene der jungen Bäuerin
ein Nest Haare, Eyerschalen und so meh-
reres, welches sie unter dem Boden gefunden zu haben vorgab. Hierdurch wurde
der Glaube bey der jungen Frau noch
mehr bestärkt, und schon war sie darauf
gestorben, die Alte sey wirklich eine Hexe;
denn die Haare waren denen des alten Grau-
kopfs ganz ähnlich. Das erste also, was
dar-

darauf erfolgte, war: die Alte soll nicht
mehr sich unterstehen, in den Stall zu gehen. — Man muß sich ganz in die Tage
eines alten guten Mütterchen setzen, und
wissen, wie hart solche Leute von ihrer täg-
lichen Gewohnheit abstehen, um das zu
fühlen, was unser altes Mütterchen fühl-
te. Etwas thränenähnliches quoll aus ihren rothen Augen hervor, als sie dieses
Verbot vernahm; ihr Mund zog sich stark
gegen die Ohren, und ein Paar Stöße,
die ihren ganzen Körper schüttelten, waren der Anfang zu der tagelangen Kränkung der lieben Alten. Sie sollte ihre liebe Kuh nicht mehr melken; das war zu viel.
Einige Tage enthielt sie sich, aber am fünf-
ten Tage konnte sie sich nicht mehr enthal-
ten; sie watschelte in den Stall, wurde
aber von der Magd grob abgewiesen. Sie
schlich sich wieder in die Stube, und wein-
te von neuem. Nun wurde also auch ihre Kuh mit den übrigen auf die Weide getrieben; denn vorhin genoß solche das
Futter ausbedungenermasen zu Hause;
und nun gab auch diese keine Milch mehr.
Statt die Ursache der Milchvertrocknung in
natürlichen Zufällen, z. B. im Futter (wie
man itzt klar sah) zu suchen, mußte dieses aus
Zauberey der Alten geschehen. Die Magd

F 4   klagte

klagte der Bäuerin dieses mit entsetzlichen
Flüchen auf die Alte. Die Bäurin klagte es dem jungen Mann, und forderte, er
solle seine Großmutter — — — Ver-
zeiht, ich kann nicht weiter schreiben, denkt
euch das übrige. So ward Unruhe und
Uneinigkeit zwischen den zwey sich bisher
zärtlich liebenden Eheleuten gestiftet, die
von Tage zu Tage zunahm.

Die Sache gedieh nun immer mehr
und mehr zur Reife. Die junge Bäuerin
gieng nach F. und beichtete einem Franziskaner die ganze Zäuberey. Der gab
ihr verschiedene Sächelchen, als Agnus-
dei, Lucaszeddel u. dgl. Die Bäuerin
versprach reichliche Belohnung, und wan-
derte getröst nach Hauße, und noch selben Tages gebrauchte sie die Mittel. Von
jeder Gattung wurde dem Vieh zu fressen
gegeben, unter jede Schwelle vergraben,
und in das Melkgefäß gehangen, und der
Stall ausgeräuchert — Und die Wirkung? — Die Kühe gaben so wenig Milch
wie vor, und weit stärker Blut, weil
es die Magd zwingen wollte. Nun war
es vollends aus. Beynahe hätten sie,
die junge Bäuerin und die Magd, die alte Mutter erwürgt, wäre nicht der Bauer
ins Mittel getreten, und die Großmutter
in

in die Nebenkammer verschanzt worden.
Andern Tags Morgens wurde die Aus-
räucherung und Lukaszeddeleingebung wie-
derholt, und dies geschah noch vier Tage
hinter einander. Aber umsonst: die Kühe
gaben noch keine Milch, weil sie nach wie vor,
auf die Weide getrieben wurden, und einen
Viehdokter konnte man nicht zu Rathe
ziehen, weil bey uns (in Bayern) noch
gar nicht daran gedacht wird, dergleichen
Aerzte aufzustellen, und die Heilung des
Viehs blos den Mönchen überlassen wird.
Denn eine natürliche Krankheit des
Viehes wird nicht einmal geglaubt,
und der kleinste Zufall ist Zauberey.

Die junge Bäuerin gieng also wieder
nach F. in das Franziskanerkloster. —
Armer, bedaurenswürdiger junger Mann!
hättest du gewußt, wie schlimm die Reise
für deine Hälfte ausfiel, du hättest ihr
gewiß lieber die Füße entzwey geschlagen,
als zugegeben, daß sie das erfahren sollte,
was meine Leser auch bald hören werden.
— Sie kömmt an die Pforte und begehrt
den Hexenpater. — Zeuge wider mich,
wer da kann! Haben wir nicht einen solchen Mann in jedem Kloster? *) Sind
                    G 5   nicht

*) Doch nur in jener Gegend.   A. d. H.

nicht in Straubingen und Amberg Männer,
unter dem Nahmen Herenpater bekannt?
Ich selbst habe von einem einen Zeddel
gesehen, worauf er aus eignor Kraft dem
Satan, den Hexen und allem Unheil be-
fiehlt, nie dieses Hauß zu betreten, und
so weiter; und unterschreibt es mit den
Worten: Ex hoc ego jubeo Fr. Aftery de
S. E. E. a Mi C. Wenige Häußer befinden sich in und um Straubingen auf 7 Stunden weit, wo nicht so ein Zeddel an jeder
Thür angebracht ist, und dafür wird bezahlt wenigstens 1 Pfund Butter! — Ich
gehe zur Geschichte zurück.

Die junge Bäuerin begehrte also den
Herenpater, den man ihr herab rief, und
welcher sie in ein dazu besonders bereitetes
Zimmer führte, und mit Bier bediente.
Anfänglich hörte man den jungen Pater
wenig sie unterbrechen. Als aber das
liebe Weibchen ausgeredt und ihre Noth
wegen der Zauberey geklagt hatte, fieng
er an: Bäurin! Bäurin! da muß was
anders als die Alte schuld seyn. Wie
meint ihr? B. Ich? ja mein Gott! wo
solls dann fehlen? P. Habt ihr euren
Mann treulieb? B. O ja, von Herzen
gern! P. Seyd ihr mit ihm zufrieden?
B,

B. Ja! Ihr Hochwürden! P. Thut er
seine Schuldigkeit, seyd auch ihr zufrieden? B. Ja! P. Versteht mich wohl!
Ich meyn's so; ob er — *) Glaubt ihr,
ich habs gethan? Nein; behüt mich der
Himmel vor solchen Sünden! Das hab
ich thun müssen, um euch zu reinigen.
Nun kann euch keine Hexe mehr schaden.
B. Vergelts Gott! Ihr Hochwürden,
mit Erlaubniß — Sie küßt ihm die
Hand; darnach gehts noch lange in diesem Tone fort. Endlich kommt er wieder zur Sache, indessen die Bäuerin schon
trunken wird. — P. Nun, Mütterchen,
wißt ihr, was ihr zu thun habt? Heute,
schon

*) Die Besorgniß, daß manche meiner Le-
ser und Leserin durch das sowohl in der
gedruckten Broschüre als Berliner Monatsschrift wörtlich mitgetheilte Ge-
spräch und detaillirte Handlung in Em-
pfindungen gesetzt werden mögten, die
ihr Blut und ihren Kopf über das Schänd-
liche zu sehr in Wallung setzen könnte,
und die Sittlichkeit — gebieten mir solches hier wegzulassen.

A. d. H.

sobald ihr nach Hause kommt, geht in
Stall, und da werdet ihr die Hexe antreffen. Versehet euch mit einem Prügel, nnd
schlagt sodann so lange auf selbe, bis ihr
Blut fließen seht; mit diesem Blut be-
streicht die Brüste der Kühe, und in kurzer Zeit wird es sich zeigen, daß die Hexerey aufhört.

Mit diesem Rath entließ er die Arme.
Er lachte über seinen Schurkenstreich ins
Fäustchen, und glaubte, die Sache würde so übel nicht ausfallen, als es wirklich
geschah. Die Bäuerin kam nach Hause;
es war an einem Feyertag: Die Mägde
waren beym Tanz, und da hatte denn ganz
natürlich die alte arme Grosmutter die Gelegenheit benußt und ihre treue Kuh im
Stalle besucht. Die trunkne Bäuerin be-
wafnet sich mit einem vier Schuh langen
und fünf Zoll breiten Prügel, der noch in
der Registratur zu St. zu sehen ist, und
wandert getrost in den Kuhstall, wo sie die
Alte bey der Kuh neben dem Born, wor-
aus das Vieh frißt, stehen, und sie mit
Hausbrod füttern sieht. Sogleich schlug
sie dieselbe mit dem Prügel über den Kopf,
daß sie zu Boden fiel. Sie schlug zu, und
schlug

ſchlug ſo lange, weil ſie kein Blut fließen
ſah; und ſchrie jämmerlich; Im Nahmen des heil. Vaters Franciſci befehl
ich dir, die Zauberey aufzulöſen! (ſo
befahl es der brave Pater.) Kurz ſie ſchlug
ſie todt, ohne es zu wiſſen. Endlich
beſah ſie die Alte gehauet, und da erwach-
te Menſchengefühl. Sie bebte, ſchauer-
te der gräullchen That; der Rauſch ver-
flog, und ſie ſank neben der armen Tödten
hin in eine Ohnmacht, in der ſie die näm-
liche Magd, von der das ganze Unheil
herkam, antraf, welche aber wieder davon
und geradewegs zum Richter lief. Elgene
Stärke von Natur und Geſundheit rief die
junge Mutter in ein Leben zurück, das ihr
nun zur Märter iſt.

Der Richter ſchickte den Amtmann
(Scheͤrgen), kam ſelbſt und nahm den Aͤu-
genſchein vor, protokollirte die Ausſagen
der Magd. Der Prügel war beſprützt
vom Blut der Alten und mit ihren grau-
eu Haaren umwunden. Der Richter
— freylich keiner von den alltäglichen —
beſchleunigte die Sache, ſo viel es möglich
war, nahm das erſte und zweyte Verhör
vor, wo dann die Unglückliche auch das
Mis-

Mißhandeln des Franziskaners geschah,
mit bittern reuevollen Thränen auch ihre
That gestand. Der rechtschaffene Richter
berichtete die Umstände genau an die höhere Stelle, und Akten und Bericht wurden
abgefordert. Er war zu sehr Mensch, als
daß er nicht alles hätte thun sollen, um eine unschuldige Unglückliche zu retten. Er
reiste selbst nach St. gieng von Rath zu
Rath, und erzählte die ächte Lage, so daß
viele Räthe die Sache in ihrer wahren Gestalt erblickten. Die Verhaftete wurde ge-
liefert, und von höchster Stelle selbst zwey
Kommissarien ernannt, die die Sache genau
untersuchen und denn im Pleno referiren
sollten. Es geschah; aber was wohl zu
merken: kein einziger Rath dachte daran,
den Urheber, den Stifter des Uebels, den
eigentlichen Mörder — denn das war doch
der Franziskaner! — in Sicherheit für
die beleidigte Menschheit zu bringen. Der
Prozeß dauerte drey Monate; eine so kur-
ze Zeit, daß es der erste Malefizprozeß ist,
welcher in meinem Vaterland so kurz und
geschwind ist, ausgemacht worden. Die
zwey aufgestellten Commissarien referirten
coram pleno und sprachen: bey der jungen
Bäuerin mit dem Schwerdt, bey der
Magd

Magd auf Zuchthaußstrafe, und bey dem
ehrwürdigen Pater? der kam so wenig in
Achtung, als auf den Umstand, daß die
Bäuerin schwanger sey, reflektirt wurde.

Nun aber stand einer — die meisten
hatten ohnehin die Relation schon ver-
schlafen, oder verschwatzt — aus den Aek-
testen, einer der geschicktesten und erfah-
rensten Räthe auf, und verlangte die Akten; denn er wuste von der ganze Sache
kein Wort, weil er in Kommißion mit einem andern schon mehrere Wochen auf
dem Lande war. Diese zwey protestirten
wider die ganze Verhandlung, verlangten die Akten zur Einsicht und baten um
Instand. Nun gabs freylich Gründe
pro und kontra: ob man in einer Sache,
die schon so weit zur Reife gediehen, schon
bis zum Endurtheil angewachsen, noch
die Akten ad statum inspiciendi einem in
der ganzen Sache unerfahrnen Rath und
seinem Consorten hinausschließen solle.
Besonders brachte der Rath G... , Ober-
richter des Orts, triftige Gründe wider
diese Aktenverwilligung vor, und sagte zu
seinem nächsten Collegen: mich ärgerts
nur, daß dem Publikum der Spaß ver-
dorben

312

vorben wird. Der alte Rath aber —
wie gerne nennte ich diesen Edlen! aber
ich würde seine Bescheidenheit beleidigen
— wußte mit der ihm eignen Würde und
Stärke, unterstützt von dem einsichtsvollen
edlen v. W., die ganze Sache so zu leiten, daß man zuletzt willig nachgab, und
ihn um Revision der Akten bat. Er stellte nemlich vor, daß er wieder die ganze
Verhandlung dieses Prozesses beym Hofrath appelliren werde. Alle schwiegen und
nun gings anders. Nach drey Tagen pro-
ponirte er: zeigte die Unschicklichkeiten, die
Fehler der beyden Commissarien, die solche in dem Prozeß wider alle Gerichtsord-
nung begangen hätten; stellte die Noth-
wendigkeit vor: Pater Behno (so hieß
der Herrnpater) müße vor allen in Sicherheit, so wie die boshafte Magd zur
Verhaft gezogen werden: er entschuldig-
te die arme betrogene Bäurin, und zeigte mit vieler Wohlberedenheit, daß man
die Umstände der Milderung j. B. die List
der Magd, den schändlichen Betrug des
Mönchs und den Rausch der Bäurin in
Erwegung ziehen mußte. Strafet den Betrug, den unerhörten abscheulichen Betrug
des Pfaffen, andern zum warnenden Beyspiel

ſpiel! die arme unſchuldige Mörderin ge-
ſtraft genug durch die Schmach des Ker-
kers, laßt los; und die beleidigte Menſchheit iſt gerächt. — So ſchlos der menſch-
liche, rechtſchaffene ehrwürdige Greis;
alle winkten ihm Beyfall zu: und ſogleich
wurde die Sache ans Konſiſtorium berichtet, ſo weit ſie die von dem Herenpater vor-
genommene Schändung betraf. Zugleich
wurde um Verhaftnehmung, Degradi-
rung und Auslieferung des Paters an das
weltliche Gericht nachgeſucht.

Das Konſiſtorium lies ſogleich den
Befehl an den Guardian zu F. ergehen:
er habe den Pater Benno dem Pedell aus-
zuliefern, der ihn an die Behörde überbrin-
gen würde. — Aber der Herenpater war
nicht mehr da: der Guardian wiſſe nicht
wohin er gekommen ſey, vermuthlich ſey
er heimlich entflohen, u. ſ. w. Dieſe lü-
ge getraueten ſich die Bettelpfaffen an das
hochwürdige Konſiſtorium zu ſchreiben, welches davon den Bericht an die Regierung
St. zurückgab. Der alte Greis hörte
kaum, daß der Herenpater unſichtbar geworden wäre, als er die volle Intrigue der
Pfaffen einſah. Aber er wußte Rath zu

Uhuhu, 4s Pack   H   ſchaffen

schaffen. Die Schandthat des Pfaffen berichtete er sogleich nach der wahren Beschaffenheit an den geistlichen Rath. Man sah daselbst die Niederträchtigkeit des Mönches ein; und es ward beschlossen: funfzig Mann von den nächst F.. gelegenen Garnison um Herausforderung des Hexenpaters abzuordnen, welche so lang in dem Kloster zu bleiben hätten, bis man ihnen den bösen Hexenpater ausgeliefert hätte. Sie hatten, neben diesem genaue Obsicht zu halten, daß kein Mensch aus dem Kloster ohne Untersuchung, und nicht der mindeste Nahrungsbissen in solches gelassen werde. Alles wurde pünktlich befolgt. Acht Tage lagen die Grenadier auf Exekution, und noch logen die Pfaffen; sie wüßten vom Pater nichts. Aber am zehenden Tage — was doch der Hunger nicht kann? — da sie keine Lebensmittel mehr hatten, da schlug man (wie leb von Bettelpfaffen!) Bedingnisse vor, unter denen man den Hexenpater losgeben wollte. Der kommandirende Offizier verstand sich nicht dazu, und so kam denn der Nichtswürdige unter 50 Mann der schönsten Grenadier nach M.. und der Prozeß ward wieder instruiret. Die höchste Stelle sprach: auf

Ent-

Entweihung des Mannes, der so schänd-
lich ein rechtschaffenes Weib zum Ehebruch
verleitet hatte, und dann auf ewigen Arrest in einer Festung zum Bau bey Wasser und Brod. — Wie Mönchsphiloso-
phie immer thätig ist, so war sie es dies-
mal. Der Ordensgeneral in M. ging oder
fuhr, meinetwegen, zum obersten P. —
Dieser lies eine Bull an unsern Landesva-
ter mit Schmeicheleyen ausfertigen; gab
einen neuen Ablas auf 10 Tage zu ——
her, und bat um Milde für den ruchlosen
Schurken. Natürlich konnte man dem
Oberhaupt der . . keine abschlägige Antwort geben; die Strafe wurde dahin um-
geändert, daß er zehen Jahr vom Mes-
selesen suspendirt, und eben so lang im
klösterlichen Arrest bey Wasser und Brod
gehalten werde. Seht Leute! So gehts
bey uns in Bayern zu. Die Pfaffen
lachen über uns und mästen sich von unserm
Schweis. Die arme Bäuerin wurde los-
gelassen, aber sie lebt sehr unglücklich; indeß der Urheber ihres Unglücks seinen
Wanst mästet. Denn glaubt doch ja nicht,
daß er bey Wasser und Brod eingesperrt
ist; er frißt besser als mancher Bürger.
Und sein Gewissen? — Er hat keins!

um

um seine Leibenschaft zu befriedigen ist er alles zu thun fähig. Die listige boshafte Magd ward auf drey Jahr ins Zuchthaus geschickt.

7.

Zauberprozeße im Hennebergischen, aus dem vorigen Jahrhundert. Extrahirt aus dem Journal von und für Deutschland, 8 Jg. 786. 6. St.

Die Summe der in einigen Aemtern der Grasschaft Henneberg verbrannten und geköpften Hexen beträgt nach einer von dem verstorbenen Herzog Karl von Meiningen mitgetheilten, und in den Schlözertschen Staatsanzeigen, Band II. Heft 6. S. 166 befindlichen Liste, in 79 Jahren 197 Hexen. Die unschuldigen Opfer des Aberglaubens, welche Veranlaßung zu nachfolgenden Aktenstücken gegeben haben, sind wahrscheinlich nicht mit unter den obigen Begriffen.

* * *

Actum Sula den 2ten April An. 1662.
In Præsentia meiner des Ambtmanns Böppo, Christian Lauterbachs, des Cenths rich:

richters Herrn Sebastian Benzingers, bee=
den Gerichtsschöpffen, Herrn Stephan
Klettens und Herrn Volkmar Phillppens,
und Marcus Zihns Stadt= und Gerichts=
schreibers.

Heute dato ist die in Haft sitzende
Osanna K. dem eingehaltnen Informat=
urtheil nach auf die in actis Fol. 22 &
seqq. befindliche Inquisitionalarticful im
Beyseyn des Scharfrichters und seiner
Instrumente anfänglich in der Güte exa=
miniret worden. Uud antwortete Inqui=
sitin.

Art. 1. Ob Inquisitin wisse, warum
Sie anjetzo zur gefänglichen Haft gebracht
worden? Antw. Were umb loser Leute wil=
len geschehen.

Art. 2. Ob ihr nicht wissent sey, daß
jedermänniglich, wer sie kenne, sie vor eine
öffentliche Hexin halte, und Sie deswegen
sehr scheue. Antwort. Wenn sie eine He=
xin gewesen, warumb sie denn von Leuten
zu ehrensachen gebeten worden.

Art. 4. Ob Sie nicht bey Verlust ih=
rer eignen Seligkeit sagen und selbst beken=
nen

nen müsse, · daß Sie mit dem Teufel einen
Pact gemacht, demselben eine Gelübt gethan und ihme, zu seinen Willen sie zu ge-
brauchen, sich ergeben. Negat. (Nein!)

Art. 5. Ob Sie nicht den wahren
christlichen Glauben, das H. Evangelium
und die H. Sacramenta verleugnet und
verschworen, auch sich der ewigen Seligkeit und alle Gnade Gottes verziehen.
Antwort. Negat (Nein!)

Art. 6. Ob Sie nicht Gott dem All-
mächtigen und der H. Dreyfaltigkeit abgesagt, dieselbe verleugnet, oder zur Ver-
leugnung dem Teufel versprochen. Antwort. Negat (Nein!)

Art. 9. Ob nicht der böse Feind zu
Befestigung solche ihm gethane Gelöbnis
Sie in seinen nahmen getauft? Antwort.
Sie hette ihren christlichen Glauben von
Gott und nicht vom Teufel.

Art. 10. Ob er Sie nicht auch hierauf
mit einem gewissen wahrzeichen an ihrem
Leibe bezeichnet. Antwort. Negat (Nein!)

Art. 11. Ob Sie nicht dem Teufel zu
ihrem Bulen gehabt, und öfters Ueberna-
türliche Unzucht mit demselben getrieben.

Wie

Wie oft solches geschehen, Wie derselbe
sich selbst genennt, und wie er gekleidet ge=
wesen. Antwort. Negat (Nein!)

Art. 12. Ob sie nicht mit ihrem Buh=
len öfters die Teufelstänze besucht, wie oft
solches geschehen, und an welchem Ort sie
gehalten worden. Antwort. Negat.

Art. 13. Wer auf solchen Hexentän=
zen mehr gewesen, und wie es allda her=
gegangen. Antwort. Würde sie niemand
darauf gesehen haben.

Art. 24. Ob nicht wahr, daß noch vor
wenig Jahren Hans M.., der Diel=
schneider einmals des Abends bey ihrem
Haus hingegangen, sie auf offener Gas=
sen eine Hexenhure, eine Milchdieben und
Drachenbrut gescholten. Antwort. Negat
hette es nicht gehöret, deswegen es auch
nicht klagen können.

Art. 28. Ob Sie nicht noch selbige
nacht sich an ihm gerechet, und durch Zau=
berey ihn blind gemacht. Antwort. Der
Teufel hette es gethan, und nicht Sie.

Art. 37. Ob Sie nicht zwey lederne
Strichen oben am Bette hangent gehabt,
aus welchen Sie Milch gemolken. Ant=

H 4   wort.

wort. Der Teufel mußte die Milch bengebracht haben.

Art. 45. Ob nicht Hanß Heinrich Klett einsmals ihren Mägdlein, als sie ihm an Getreidig Schaden gethan, die Kötze *) zu hauen. Antwort. Hette er sie zerhauen, so hette er sie zerhauen.

Art. 46. Ob nicht wahr, daß Inquisitin solches verdroßen, und deswegen darnach getrachtet, wie sie ihm wieder einen Schabernack thun mögte. Antwort. Negat. Wer nicht darbey gewesen.

Art. 47. Ob Sie sich nicht hierauf zur einen Katzen gemacht, und ihm etlichemal in seine Kammer kommen. Antwort. Negat.

Art. 56. Ob Sie nicht auch vor dessen einen Menschendaumen gehabt, welchen hernachmals ein Mußquetier, so in ihrem Hauße einquartiret gewesen, gefunden. Antwort. Möchte nicht einmahl drüber antworten.

Art. 57. Wo sie solchen Daumen bekommen, und was Sie damit gemacht. Antwort. Möchte nicht einmal drüber antworten.

Art,

*) Kötze oder Kötze ein Provinzialwort, bedeutet einen Korb, den man mit Riemen umfel, auf dem Rücken trägt.

Art. 58. Ob ihr Buhle Sie nicht je
bisweilen wacker herumgeschlagen. Antwort. Möchte euch nicht darauf antworten?

Art. 59. Ob es nicht eben auch das
mahls geschehen, als Sie vor etlichen Jahren nebens ihrer Schwester in der Küchen
gestandten, die Ofengabel oben bey beeden Spitzen gehabt, und sehr dabey geschrieen. Antwort. Der es von ihr gefre-
der hette, lög es wie ein Hexenmann. *)

Nachdem nun die Inquisitin in der
Güte ganz nichts gestehen wollen, ist Sie
dem Scharfrichter, welcher vorhero das
Informaturthel gelesen, übergeben worden, Alß Sie nun von ihme anfangs mit
dem Spanischen Stiefel angegriffen worden, hat man fast keine schmerzen an Ihr
vermerket, ja sie hat auch fast nicht das
geringste Zeichen, weder mit Schreyen,
Zucken oder andern Geberden an sich ver-
spüren lassen, als wenn sie schmerzen em-
pfinde, Als Sie mit den Schnüren aufgezogen worden, ware sie ebenfalls Unem-
pfindlich, so lang man mit diesen beeden
Instrumenten wechselsweise angehalten,

H 5   Und

---

*) Konte diese Frau vernünftiger antworten?
   zum Erbarmen ist die Blindheit vieler
   Richter jener Zeiten gewesen.
                                      A. d. H.

Und weilen hierdurch bey ihr nichts zu er=
langen, wurde sie umb 11 Uhr zu Mit=
tage in den Bock *) gespannet; Alß ihr
der Scharfrichter die gesalzten Suppen ein=
geben wollen, hat er Ihr nicht daß gering=
ste, unerachtet man sie auf den Rücken ge=
leget, und das Maul aufgebrochen, bey=
bringen können, Weil Sie im Bock ge=
sessen, ist Sie zwar unterschiedlich zum
Bekentniß erinnert worden, aber es hat
doch solches bey Ihr nichts geholfen, et=
lichemal hat sie sich zwar vernehmen las=
sen, man sollte sie lebig machen, Sie woll=
te sagen was sie wisse, aber sie alsobalden
allezeit wieder rückfällig worden, und hat
gleichfalls die Worte im munde wieder ver=
trehet, nachfolgende reden ließe sie sich
auch vernehmen, es würde den Sülern
nicht wohlgefallen, wenn eine Hexin
eingezogen wehre welche bekennen the=
re. Item man würde von ihr nichts auß=
bringen, daß sie eine Hexin wehre, es wür=
de

*) Dieses Marterinstrument wurde ehemals
  nur bey Hexen, Zauberern und mit dem
  Teufel verbündeten Personen gebraucht,
  und zwar statt der Leiter. Es gehört folg=
  lich zum 2ten Grad der Marter. v. I.
  V. Becmann, Tom. 2. Comment. ad Tit.
  de question. obs. Pract. 3. n. 10.

de den Sülern keine große ehre seyn,
wenn man sagen sollte, daß eine Hexin allhier verbrant worden. *) So
oft man Sie zum Bekenntniß errinnert,
hat Sie jedesmal geantwortet, Sie were
keine Hexin, Als diese Nacht um 12 Uhr
der Centrichter, da er vom Gerichtsschrei-
ber abgelöset worden, und nachher Hauße gehen wollen, (sie ermahnet) Sie solte ihr Bekenntniß thun, ehe er weg gienge, Hat Sie zwar Antwortt geben, Er
solle nur hingehen, Sie würden schon
wieder zusammen kommen.

Actum Sula den dritten Apr. Ao.
1662.

Heute frühe zwischen 4 und 5 Uhren *) alß Sie kurz vorhero im Beyseyn
des Gerichtsschreibers und des einen Ge-
richtsschöpfen Herrn Stephan Klettens,
noch geredet, aber ziemlich graß mit dem
Gesichte ausgesehen, gehet der Scharfrichter

*) Da hat die Frau wahr geredet.
                                    I. B. Z.

**) Man bemerke die Dauer der Marter —
Welch entsetzliches, barbarrisches und
teuflisches Verfahren, vom 2ten April
11 Uhr biß den 3ten April früh gegen 5
Uhr zu peinigen!

ter. zu Ihr und befindet daß Sie tod und
der Halß entzwey ist; Worauf sobalden
hiesigen Medico, Herrn Licentiat Deißlern
und den BaderMeisterChristoff Drechßlern
ein Both geschicket, und ihnen anbefohlen
worden den Cörper zu besichtigen, da sie
dann befunden, daß der Halß hinten im Genicke ganz entzwey, als wenn es mit einer
großen Macht geschehen wehre, gebrochen gewesen,*) ist diesen beeden befohlen worden ihren Bericht schriftlich zu
thun und ad Acta zu bringen, soll auch
dieser Fall so balden an das Fürstl. Säch-
sische Naumburgische Oberamt berichtet,
und wie sich mit Wegschaffung des Cör-
pers zuverhalten, Bescheids erholet werden, Actum ut supra.

    Boppo Christian Lauterbach mppria.
       Sebastian Benzinger mppria
       Stephan Khlett, Elter.
       Volkmar Philipp.
       Marcus Zihn, Not. Publ. Cæs.
          mppria.

               Er-

*) Das konnte nicht anders seyn und ist zu ver-
   wundern, daß sie so lange bey solchen ver-
   ruchten Martern leben geblieben, solche em-
   pfindungslose Richter hätte man nur 1/4
   St. so auffspannen sollen.

                      4. d. 5.

Extract aus dem Bericht des Amts-
mann Lauterbachs, an den Oberamtmann
Förster zu Schleusingen.

Heute frühe vmb 5 Uhr ist sie in beysein des Gerichtschreibers, des einen
Gerichtschöpfens Herrns Stephan Klettens und des Scharfrichters ohne Zweifel
durch den bösen Feind hingerichtet worden,*) Worauf ich sie so balden durch
Hrn. Licent. Deßlern Vnd Meister Sto-
fel Drexler, Badern, den Cörper besichtigen lassen, deren schriftliche Berichte auch
noch ad Actu gebracht werden soll, 2c.

Visum repertum.

Demnach wir Endes angesetzte von
Hochfürstlichen Ambt alhier Donnerstags
frühe zwischen 5 und 6 Uhr erfordert, Vmb
zu erkennen, ob der Halß Osanna Peter
K . . ., S. Wittiben gebrochen oder nicht,
auch auf solches schriftlichen Berichts abzugeben begehret worden, alß haben wir
nach fleißiger Besichtigung befunden,
daß das Genicke vollkommen verrucket,
und wie das gemeine wort, gebrochen,

gleich

*) Ja wohl durch böse Feinde, weils keine
bösere je in der Welt gegeben.
A. d. h.

gleich alß es mit großer Macht geschehen
wäre, welches zu bejahen folgende ursach
sich finden, 1) weil vertebra cervicis prima, quam saluto suſtentaculum cephali-
cum gänzlichen verrucket, alſo daß man
inter notarum suſtentaculum & occipitium
zu zwei bis drei gute Finger man hat bringen und einlegen können, welches für das
2) großes Bedenken nicht allein geben will,
ſondern hoch anbringet, in aufſehung bei
verlezten Perſonen ein ſolches nicht kann
geſucht noch gefunden werden. 3) Habe
ich Medicus ſonderlichen bei der Beſichti-
gung beobachtet, daß dens vertebræ cervicis ſecundæ per luxationem dubio ſine
violentam et (ſi licet aurumare) *) diabo-
licam gleichfalls ausgetretten und alſo vertebra prima inter secundam et occiput
gleichſam ledig zufühlen geweſen, res patet, modus latet. **) Dieſes haben wie
herührten erkäntnuß nach mit eigener Hand
bezeugen und bekräftigen wollen. Geſchehen den 3ten April 1662.

Joh. Phil. Deißler, M. L.
Chriſtoffel Drechsler, Bader mppria.

Meis-

---

*) Was ſich der Mann für ein Anſehen giebt!
**) Hätte heißen ſollen res & modus patet!

Meine willige Dienste zuvor, Ehrenvester, Vorachtbarer undt Wohlgelahrter ꝛc. Besonders Vielgünstiger
Herr Gevatter!

Weil nach schriftlich überschickten Zeugnisse des Herrn Medici und Baders der Inquisitin K . . . Halß, welcher doch in der Tortur nicht mit selber oder hardt angegriffen wird, ganz entzwey gebrochen gefunden worden, Sie auch vorhero ganz keine Schmerzen gefühlet, undt nicht etwan kranck, Sondern in wehrender Tortur ganz frisch gewesen, auch also alle umbständte bezeugen, daß der böse Geist, oder ihre Complices, sie aus dem Wege geräumet, Alß ist der Cörper heute Abends gegen 8 Uhr durch den Scharffrichter oder dessen Gehülfen an Orth undt Ende, wo sonst die Hexen verbrandt werden, zu verscharren, Welches dann der Herr Gevatter also anzustellen wissen wirdt, Verbleibe Ihme zu dienen willig. Datum Schleusingen, den 4ten April Ao. 1662.

des Herren Gevatter

Dienstwilliger

Christian Förster,
mppria.

Re

Regiſtratur.

Actum Suhla den 8ten April Ao. 1662.

Hanß Albrecht, Meßgern allhier berichtet, Als Oſanna R. vergangenen Frey tag abends um 8 Uhren in Sämer *) begraben worden, und er hernacher in der nacht gegen 10 Uhr von Heinrichs nacher Suhla gangen, hette er am ſelbigen Orth, wo dieſes Weib hinbegraben unterſchiedene Fewer geſehen, darauf wehre ihm ſo angſt und bange worden, daß Er nicht gewuſt wie Ihm wehre, ſein hund hette auch recht erbärmlich gewinſelt, wehre Ihme unter den Beinen hin und wieder ge krochen, an Ihm aufgeſprungen und den Kopf unter den Rock verſtecken wollen. Als Er nun in ſolcher angſt und Schrecken fortt gangen, wobey ein ſolch Gethümmel worden, nichts anders als wenn Pfer de und Vieh hinter Ihme herlehmeten bet

*) Der Sehmer oder Semana ein Gehölze ohne Buhl. Unter dem Melibocus, ſage Ptolomäus liegt der Wald Semana, folg lich iſt der Thüringer Wald noch ein Theil von Ptolomæi Semana, vid. Gotte rers Einl. in die ſynchron. Univerſalhiſt. II. 839.

es aber doch getöhnet, als wenn es in der
luft über, neben, vor und hinter ihm ge-
schehe, darauf er stehen blieben und sich
umbgesehen, da wehre er gewahr worden
etliche große Feuer an selbigen Orte so licht
und helle gebrennet, daß Er sal. venia die
allda liegende Schindbeine von den gestor-
benen Vieh gar eigentlich erkennen können, und hette anders nichts gesehen, als
wenn viel Volkes darbey wehre, und mit
Stangen in dem Fewer arbeitete und Schü-
rete, und wehren allda 13 bis 16 Fewer
in hellen Brand gestanden, darüber er noch
sehrer erschrocken und wieder fort bis an
die Schlegstange zu Ende der Wiesen in
großer Bang und mattigkeit kommen, Alß
er aber bald hinangewesen, wehren 3 Raben recht nach seinem Kopf auf Ihm zuge-
flogen, und Ihme mit den Flügeln so nahe kommen, daß Sie Ihm den Wind ins
Gesicht geschlagen und die Haare berüh-
ret hetten, worüber er folgendes in solchen Schrecken gar zu Boden gesunken,
und unter den Stangen auf den knien durch
und auf 2 stuben lang wegen großer mattigkeit, ehe er sich wieder erholen können,
kriechen müßen. Ehe er zu Boden gefallen, wehren die Raben über Ihm wegge-
flogen und gleichsam gekirret, als wenn

fie lacheten; *) er hette gerne schreyhen
und rufen wollen, aber er hette nicht ge=
könnt, daß Ihme ein dieses alles damah=
len begegnet, könnte Er mit gutem Gewi=
ßen sagen.

Actum Suhla, den 23. Sept. 1662.

In präsentia des Herrn Abtmanns
Boppo Christian Lauterbachs, des Centh=
richters Herrn Sebastian Benzingers,
Herrn Stephan Kletten, und Herrn Voll=
mar Philipßen, beede Gerichtschöpfen,
und meiner Marcus Zihns Stadt= und
Gerichtschreibers.

Auf eingeholtes Jehnische Informat=
Urthel **) ist die in Haft sitzende Anna
spreuz D. Witbe, die Dommeln genannt,
in Gegenwart des Scharfrichters und sei=
ner Instrumente, auf die supra fol. 40.
et seqq. befindliche Inquisitional=Articul,
mit gehöriger erinnerung, nochmals güt=
lich

*) Was Furcht und Einbildung nicht thun!
Lieber Himmel! und solch dummes Zeug
zu registrieren!

**) Wieder von Jena!

A. d. H.

lich befraget worden. — — — —. Nach:
dem nun die Inquisitin auf gütliches Be:
fragen, nichts bekennen wollen, ist sie dem
Scharfrichter, das eingeholte Urthel an ihr
zu exequiren, übergeben worden.

Ob er nun Wohl anfangs Sie mit
denen Spanischen Stiefel ziemlich ange:
griffen nachgehends mit dem Zuge aufge:
zogen, und mit diesen beeden Instrumen:
ten Wechselsweise auf die 1 1/2 Stunden
continuiret, Sie auch sehr dabey geschrie:
en, hat Sie doch nichts bekennen wollen,
bis sie in den Bock gespannet und ihr die
gesalzene Suppe gegeben worden, da Sie
dann nach einer Stunde angefangen zu
bekennen, Sie sey eine Hexin, und der
böse Feindt von ihr gewichen rc. darauf sie
wegen verspürter Zufälle ledig gemacht wor:
den; Nach dem Sie nun sich wieder in
etwas erholet, hat Sie zwar noch gestan:
den, daß Sie eine Hexin sey, aber dar:
bey nicht recht herausgewollt, und etliche
vorher bekannte Facta wieder geleugnet,
daß der Scharfrichter ihr wieder eine
Beinschraube ansetzen müßen, darauf Sie
umb Erledigung gebeten und ausgesagt:
Nach den Feindlichen Einfall *) were
eins:

J 2

*) Dies ist der Kroatische Einfall vom Jahr
1634 wobey Suhl eingeäschert wurde.

mahls vormittags ein Mann in schwarzen
Kleidern zu ihr in die Stube kommen, und
hätte ihr zugemuthet, die Hexerey zu ler-
nen, und Sie geheißen, Sie sollte auf das
Kehrig treten, welches Sie in der Stube
zusammen kehren müssen, und den Herrn
Christum verschweren. Welches Sie mit
diesen Worten gethan: Ich trete auf dieses Genist, und verschwere meinen Herrn
Jesum Christ, hierauf hette er ihr einen
Thaler gegeben, Sie mit Wasser aus der
Blasen getauft, und darauf in der Stuben
Unzucht mit ihr getrieben, were aber nicht
beschaffen gewesen, als wenn Sie sonst mit
ihrem manne zu thun gehabt, und hette
sich Hanß genennet, die Teuffelstänze, darbey sie gewesen, wären auf den Rö-
dern *) und auf der Sanffe gehalten worden, darbey hette Sie Georg M.. Wittbe, und ihre Tochter Annen, wie auch
Margarethen, Georg B. Schusters im
Schlauchgarten Weib **) gekennet, hette
allerley Eßen, auch Wein und Bier dabey gehabt, und wer das Bier im Rath-
keller, und der Wein in des jungen Sei-
fensie-

*) Zwey Gegenden der Stadt Suhl.

**) Sind wahrscheinlich auch zum Scheiter-
haufen befördert worden.

Entsiebers Hause geholet warden, *) Die
Hexerey hette sie niemanden gelehret, Die
Hostien habe Sie vor 5 Jahren nur einmal
ihren Buhlen gegeben, wüste nicht was
er damit gethan, den Trunk den sie vor 4
Jahren Georg Kochen aus einer Zinnern
Kann zu trinken gegeben, hette Georg, M.
Wirbe und ihre Tochter Anna **) zugerich-
tet, wüste nicht, was es gewesen, Georg
Kochs Kinder hätte sie nichts gethan, ob
es aber jene beede gethan, das wüste Sie
nicht, Bastig Fischern seinen Sohn hette
Sie zwar mit den Besen geschlagen, aber
nicht zu dem ende, daß er sterben sollen,
Wäre aus Bosheit geschehen, weil er aufm
guten Freytag ihre Kuh gejagt, daß sie dieselbe in 3 Tagen nicht vor den Hirten
bringen können.

Actum Suhla den 25. Sept. 1668.

In Beysein des Herrn Amtmanns
Centhrichters, beede Gerichtschöpfe und

J 3   meis-

*) Ein galanter aber unvermögender Teufel!
der nicht einmal Bier und Wein zu seinem
Ball herhexen konnte, ohne in Rathskel-
ler zu schicken.
**) Man findet in Akten keine Spur, daß sie
mit diesen confrontirt worden sey.

meiner des Stab= und Gerichtsschrei=
bers.

Nachdeme die Inquisitin Anna, Lo=
rentz D. Witbe die D. genannt, vorge=
stern als sie peinlich angegriffen worden,
ihr Bekenntnis gethan, ist ihr solches heut
dato nochmals gütlich angehalten worden,
darben sie denn alles gestanden, auch sich
erkläret, daß sie darauf sterben wollte, und
begehret, daß man die Herren Geistlichen
zu ihr mögte kommen laßen.

Daß nun solches alles Gerichtlich al=
so vorgegangen, und treulich protokolliret
und niedergeschrieben worden, Wird durch
unten befindliche Subscriptiones bezeuget.
Actum ut supra.

Boppo Christian Lauterbach
mppria .

und voraufgeführte saubere Männer,

Unsere freudliche Dienste zuvor, Eh=
renvester, Wohlgelahrter, günstiger guter
Freund, — Als Ihr uns etliche wider
Verhaffte Annen, Lorenz D. seel. nach=
gelaßene Witbe ergangene Inquisitions=
Acta fernerweit zugeschickt, und Euch dar=
über des Rechten Zuberichten gebeten.
Demnach Sprechen Wir nach fleißiger
Vorleß= und erwegung derselben vor
Recht: Hatt Inquisitin gestandten und
be=

bekannt, daß Sie mit dem Satan einen
Bundt gemacht, sich von demselben taus
fen lassen, und hingegen den Herrn Chri=
stum verschworen, auch von dem bösen
Feinde einen Thaler empfangen, und mit
Ihm Unzucht getrieben, auf den Teufels=
tänzen gewesen, und diesem ihren Buhlen
die consecrirte Hostien, ingleichen Georg
Kochen einen trunk gegeben, daran Er sehr
krank worden, Doferne Sie nun bey die=
sem ihrem gethanen Bekänntniß vor öffent=
lich gehegten Gericht verharret, ist Sie
mit dem Fewer vom Leben zum tödte zu
bringen, Sollte Sie aber ihre gethane
Aussage wieder zurück nehmen, und revo=
ciren, So ist Sie wieder in das Gefäng=
nis zu bringen, und vermittelst anderwei=
tiger Tortur auf die Inquisitional=Artikul
zu befragen, auch da Sie ihr allbereit ge=
thanes Bekänntniß sodann wiederholen
wird, den andern oder dritten Tag nach
der Tortur in Beysein der Gerichtsperso=
nen und eines Notary Wiederumb darü=
ber zu vernehmen, Georg M. Wittbe aber
und dero Tochter betreffende, wird in der=
selben Leben und Wandel nicht unbillig
requiriret, Von Rechtswegen, Uhrkundli=
chen mit Unserm Insiegel besiegelt.

      Verordnete Dechant, Se=
                   nior

nior und andere Doctores
des Schöppenstuels zu Jehna ⸗!!!.

Von Gottes Gnaden Moritz Her-
zog zu Sachsen ꝛc. postulirter Administra-
tor des Stifts Nqumburgk, und der Bal-
ley Thüringen Stadthalter ꝛc.

Lieber Getreuer, Uff deinem nebenst
denen hierbey zurückkommenden Acten
außgefertigten unterthänigsten Bericht die
wieder Anna D... ergangene Inquisition
betreffende, und das von uns eröfnete Urthel begehren Wir, du wollest demselben
gebührend nachgeben, jedoch und doferne
inquisitin ihr allbereit in der Güte getha-
nes Bekentniß nochmals wiederholen wird,
hastu sie aus erheblichen Uhesachen glei-
chergestalt alß Margenrethen G... mit
dem Schwerde vom Leben zum Tode zu
bringen, und sol ein den Cörper verbren-
nen zulaßen, auch im übrigen wegen Ge-
orgs M... Wittbe und dero Tochter dem
Urthel gebührend nachzukommen. Hieran
geschicht Unser Wille und meinung, datum
Naumburg am 4ten Oct. 1662.

Menius.
J. Schilter, Secret.

Dies

Dieses Urthel wurde erequiret in
Suhla, Mittewoche den 11ten Octobr. Ao.
1662.

7.

Actenmäßige Nachricht

von Methes Jüngling, einem Knecht,
der auf einem Bock von Bachra bis
Großen-Ebersdorf durch die
Luft geritten.

In dem Gerichtsarchiv zu Bach-
ra, *) befindet sich ein merkwürdiges Stückchen Acten, unter folgender Rubrik:

No. 35.

Acta
Mathes Jünglingen
Mens. Novbr. 1702.

in po. vorgegebenen Bockholens
welches das seltsamste Geständnis eines
durch die Gauckeley der Einbildung be-
thörten, oder durch Fieberhitze betäubten
jungen Menschen enthält, wie nachstehen-
des Vernehmungsprotokoll besaget, welches nach vorgängiger Abhörung einiger

J 5   Zeu-

*) Ohnweit Cölleda in Thüringen gelegen.

Zeugen, über die eigene Aussage der Haupt-
person, abgefaßt wurde:

Actum Bachra
am 7. Decembr. 1702.

Weiln der Knecht bishero nicht ein-
heimisch gewesen, und vernommen, daß
Er nunmehro wiederkommen, habe selbigen an Gerichtsstelle fodern lassen, da Er
denn willig erschienen, und uff beschehene
Vorhaltung und Befragung folgendes bekennet:

nehmlich

Er hieße Mathes Jüchling, sein Vater
hette Andreas Jüchling und, die Mutter
Christina geheisen, und zu Großen
Ebersdorf, so dem Hrn. von Meußebach
in sein Ambt Braunsdorff gehörig und
Gothaische Hoheit wäre, gewohnet, Er
wäre 8 Jahr alt gewesen, da seine besag-
te Eltern gestorben, da er denn sich als
ein Pferdejunge 7 Jahr in Großen Ebersdorf, als 2 Jahr bey einem Gerichtsschöp-
pen Hanßen N. (den Zunahmen wußte er
nicht) und 5 Jahr bey einem andern Bauer Nicol Albrechten um die Kost und
Kleidung gedienet, weiln nun sein Herr
Nicol Albrecht ein lahm Bein bekommen,

hette

hette er mit seiner Tochter, so jetzo eine
Ehefrau, nach Rastenberg zum Gesund-
brunnen reisen und solchen seinem Herrn
holen müssen, so hette ihm die hiesige Lan-
desgegend so wohl gefallen, daß Er sich
entschloßen, wenn sein Jahr um, hier einen Herrn zu suchen, welches er auch damals uf dem Wege seines Herrn Tochter
gesagt, Als nun vor 5 Jahren nach Wei-
nachten der Pulvermann von Olbersleben
nach Ebersdorf kommen, were R mit demselben herausgezogen und bey dem Pulvermann 2 Jahr, von dar alhier bey dem
Postillon Hannß Harrassen *) 2 und
ein halb Jahr, und von Johannis c. a.
bey seinem itzigen Herrn Christoph Thie-
men bis jetzo in Diensten gewesen und
noch were, weiln Er nun bey seinem itzigen
Herrn in Winzers Haůße uff dem Heustal-
le des Nachts gelegen, so were ohne Gefeh-
re 4 Wochen nach Johannis in der Ernde,
Abends nach 10 Uhr da Er schon im Bette gewesen, ein schwarzes Ding, wie ein
Bock kommen und wie ein Bock geschrieen,
Ihn an die Seiten gestoßen, als er nun
                                    nicht

*) In Bachra existirte damals eine Post-
   station, welche in der Folge nach Graß
   Neuhaußen verlegt wurde.

nicht hören wollen, immer fort geſtoßen,
da er endlich aufgeſtanden, ſich anziehen,
und hinunter ins Hauß gehen wollen, ſo
bald Er aber im Hembde aus dem Bette
herauskommen, wäre der Bock ihm zwiſchen die Beine gefahren, in der Lufft mitgenommen, daß ihm die Haare gepfiffen,
und nach beſagten Großen Ebersdorf in
ſeines alten Herrn Nicol Albrechts Hauß
gebracht, da Ihme deſſen Tochter Eliſabeth entgegen kommen, die Hand gegeben,
und geſaget, Kommeſtu mein Schatz, dieſer Bock were mittelſt zu einem Manne
worden, und ſich im Hauße an ein tiſch-
gen geſetzet, uff welchem Braten, Wein-
ſuppe und Fleiſch geſtanden, und geſſen,
aber kein Wort geredet, Er der Knecht
hette auch mit eßen ſollen, ſo er aber nicht
gethan, darauf die beſagte Frau Eliſabeth
Unzucht Ihme angemuthet, ſo Er aber,
indem Er ſehr erſchrocken, nicht thun wollen, ſondern ſich geſchämt und hinter die
Haußthier verſtecket, Die Lieſa aber hette
Ihm hinter der Thier vorgezogen, und mit
ihr Unzucht treiben müßen, immaßen Sie
Ihm bey dem Halſe genommen, niederge-
zerret, ſich entblößet, und Ihm daß Hembs-
de aufgehoben, und L v. ſein membrum
genommen, und in Ihres geſtecket, und
alles

alles selbsten verrichtet, Alß nun diese Frau
Ihre Zeit ersehen, hette sie zu dem manne
am tischgen gesaget: fahre wieder hin und
hol satt, da denn der Mann gleich zum
Bocke worden, Ihm zwischen die beine
gefahren, mit fort genommen, und wieder
uff den Heustall vors Bette gebracht, da Er
dann wieder ins Bette gestiegen, und die=
ses were um 12 Uhr gewesen, Er der Knecht
wäre hierauf etwas kranck worden, und am
Maule ausgefahren, seine Fräu hette ihm
Quickensafft und Brandewein eingeben,
und Er hette sich nicht mehr auf den Heu=
stall geleget, sondern sein Herr eine Pocht
im Pferdestall gemachet, so were doch den
britten Tag nach diesen der Bock wieder
kommen, und Ihn auch aus dem Stalle
geholet, und wieder dahin bracht, und Er
abermal mit dieser Frauen Unzucht trei=
ben müßen, er hette aber damals der Frau=
en von ihrem Halse ein Schnupftuch oder
Lappen mitgenommen, Nach diesem auch
ohngefähr den 4ten Abend darauf, were
der Bock abermal kommen und ihn holen
wollen, Er aber hätte dem Bock den mit=
genommenen Lappen hingeworfen, da
der Bock den Lappen genommen, böse
geworden, daß der Knecht nicht mit=
gangen, were unter die pferde gefahren,
und

und eines so eine Stube, am Halse und
unter dem Schwanze wund gestoßen, daß
es L v. an den pudendis einen großen Hü-
gel bekommen, hierauf were der Bock nicht
wieder kommen, der Knecht saget, es were Ihm dieserwegens ganz bang und leid,
were darzu gezwungen, und wollte fleißig
bethen, daß der Satan an Ihm keine
Macht hette, giebt uff befragen ferner vor,
daß die Frau Elisabeth drey Kinder gehabt, were wohl ein 33 Jahr seyn, indem
Sie schon 20 Jahr gewesen, da Er in Ihres Vaters Dienste kommen, were stem-
migter Statur und etwas narbigt, der
Knecht, als Er noch da gedienet, hette gegen Ihr vorgegeben, Wann Er groß würde, wolle Er sie heurathen, hette aber Ihr
nichts zugesaget, Sie hette Ihm vor Wei-
nachten im letzten Jahre seines Dienstes,
ein neue hembde gemachet, und seinen
Nahmen mit schwarzen Buchstaben nein
geneet, dieses Hembde hette Er müßen 8
Tage anziehen und schwarz machen, alß
er nun am Weinacht heil. Abend Er Ihr
seine schwarze Wäsche und dieses hembde
mit zu waschen geben, hette Er dieses
hembde nicht wieder, wohl aber die andern
hembden gewaschen bekommen, was sie nun
darmit gemachet, wüste Er nicht, Sonsten
da

da Er noch bey Hanß Harraßen gedienet, und des Nachts im Bette gelegen, were ein langer schwarzer Mann kommen, Ihn 3mahl mit Nahmen Mathes gerufen, Weiln Er nun gemeinet, es were eines von seinen leuthen, und etwan die Post wegfahren sollte, hätte Er sich aufgericht, da Er gesehen, daß ein langer schwarzer Mann vor dem Bett stünde, ganz feurich ausgesehen, und ein Buch mit schwarzen tabeln und briefen in Händen gehabt, und der mann gesagt er sollte sich drein schreiben, Er aber hette dieses nicht gethan, so were der Mann wieder wegkommen, Ingleichen hette er den Hrn. Amtsschösser von Weißensee, da Er noch bey dem Postillion allhier gedienet, zu Pferde heimbringen, und des Nacht heite er in der alten Amtstube zu Weisensee bleiben müßen, so were Er auch zu Ihm kommen und des Nachts aus dem Bette geworffen.

Herrl. Werth. Gerichte

Johann Ernst Hoyer.

Hier brechen die Akten gänzlich ab, ohne über Jünglings pathologischen Zustand und übrige Verhältnisse, einiges Licht zu verbreiten. Wir müßen uns also blos

blos mit der gegründeten Ueberzeugung be-
gnügen, daß auch bey diesem auffallenden
Abenteuer, etweder Bosheit oder animal-
lische Disposition eines leidenden Körpers
zum Grunde gelegen habe. *)

B —

8.

*) Das letztere am allerwahrscheinlichsten.
Er mag ein Mondsüchtiger oder Nacht-
wandler gewesen seyn, die schlafend alle
Verrichtungen des menschlichen Wir-
kungskreißes thun — und aus den Umständen kann man abmerken, daß er mit
der genannten Person in vertraulichem
Umgang gelebet, Heyrathsanträge in dem
frühesten Alter geschehen, mithin seine
Phantasie im Schlafe mit wollüstigen
Bildern unterhalten und wachend geglaubt und für Einwürkungen des sich
eben phantastisch vorgestellten Teufels
gehalten worden, was ihm nur schlafend begegnet.

A. d. H.

8.

Sonderbare Erscheinung eines mit Musqueten, Piquen, Degen und Fahnen streitenden Kriegsheers, am Himmel zu Chemnitz.

Aus Originalacten von einem Beamten mitgetheilt.

Actum auf dem Rahthauß zu Chemnitz, den 20sten Septbr. 1680.

Demnach Andreas Uhlich, Pachtsmann, angezeiget, daß gestern Abends Er, die Seinigen und andere mehr am Himmel einige Wunderzeichen gesehen, als wurde Dato deßwegen von E. E. Rath erkundigung eingezogen, zuförderst gegenwärtiger Eydschwur:

Ich N. N. schwere hiermit zu Gott im Himmel einen leiblichen Eyd, daß ich in Sachen, die gestern Abend am Himmel erschienenen Wunderzeichen betreffend, waß ich dabey selbst wahrgenommen und mehr nicht sagen oder anzeigen will, so war mir Gott helffe unde sein heilig wortt, durch Jesum Christum Amen.

Uhuhu, 4. Pack   K   auf-

aufgesetzet und nach dem solchen wohlbe-
melter Uhlich, als deſſen Weib Cathari-
na, Hanß, Großer Michel Hunger, und
Maria, Martin Kochens Tochter, nach
ſattſam beſchehener admonition würcklich
präſtiret, antwortete:

1) Andreas Uhlich

Bey ordentlicher Raths Verſamblung,
Geſtern Abends were er aus ſeinem Hoffe
gleich da die Sonne were unter-hinaus
gegangen, und habe von ferne einen Mann
ſtehen ſehen, und weiln ſein treſcher Hanß
Große aufn Felde geweſen, habe er ihm
zu geruffen und geſagt, ob er denn auch
ſehe was dort were, der dann geantwortet
nein: Wie Sie beede näher zuſammen kommen hette Er Uhlich 3 große ſchwarze Männer, wie geharniſcht am Himmel mit Hüt-
ten ſtehen ſehen; kurz darauf weren ein-
zelne Männer ſo Musqueten und Rothen
Habit gehabt, von der Sonnen nieder-
gang gekommen, welche ſich nach einander
jedoch ſo, daß zwiſchen jeglichen noch ein
Mann ſtehen können, in rechte Kriegsord-
nung geſtellet, und zwar in einer ſolchen
weite, als wohl von Johannis Thor bis
ans hieſige Rathhaus austragen möchte
Als nun die Männer alſo geſtanden, het-

se sich legen über nach Mittag zu ganz
schwarze Männer am Himmel gestellet, und
gleich da weren zwey Stücke dergestalt
losgangen, daß die Kugeln recht an einander getroffen, Kurz zuvor aber zwey von
den drey großen schwarzen Männern verschwunden, und der dritte sey wie ein Baum
groß worden und gleich da, wie nur gedacht, die zwey Stücke weren losgangen,
were alles dieses Schwarz und rothe gegen einander gestandene Kriegsvolck auf
einmahl darnieder gefallen und verschwunden, der Hauffe von Abend were nicht so
starck gewesen als der Hauffe von Mittag,
denn diesem unerhört viel Volck, wenn
Ihm gleich was drauf gegangen, zum Suc-
curs gekommen, der große Mann aber so
unter dem kleinen Häuflein gestanden, were stehen blieben und größer worden, Hierauff nun were zwar alles verschwunden,
bis auff diesen großen Mann, aber das
kleine häufflein von Abendt were gleich
wieder in lauter Mußqvetieren bestehend,
und zwar ganz dicke und etwas stäcker alß
zuvor, aufgeführet worden; Wiederumb
auch eine große schwarze Armee von Mittag, die von Sonnenniedergang nun weren nach dem großen Haufen zumarchiret,
und da hätten sich etliche Reuter mit stä-

ben-

ben, welche in beyden Armeen durchgerit-
ten, und gleichsam befehl ertheilet, und
gleich darauf hetten beede Armeen das
schlagen mit Degen angefangen, welches
so geschimmiert, alß wenn das Wetter
leuchtete, und da habe er gesehen, daß das
Volck alles zu Boden gefallen, und nebst
dem großen Mann verschwunden, bis etz
wan auf 4 Mann, welche gegen einander
gestanden, als wann Sie sich mit einander balgten, jedoch weren von dem Haufen von Mittag jedesmahl neue frische
Völcker an, und Sie also nicht gar mit
weg kommen. Nach diesem und drittens,
hätten sich die von abend wiederumb gestellet und zwar an der zahl weniger denn
sonst, und hetten noch mit sich gebracht einen Hauffen von etzlichen hundert Pieqve-
niren mit großen langen und hinden nie-
derhangenden Mützen, welche an einer jeden Piqve ein Fähnlein gehabt, und da sey
auch die Armee von Mittag und zwar viel
größer denn zuvor wieder aufgezogen, welche beyde Armeen denn wieder hart gegen
einander dreymahl getroffen, so also herge-
gangen, daß Sie allezeit einander zwar zu
Boden geschlagen, aber jedes mahl wieder
aufgestanden, welches gefechte mit Degen
viel heftiger, auch von viel mehrerm Volcke
denn

ce denn das vorige gewesen; Dieses Schla=
gen habe der Kleine Hauffe abermahls zuerst
angefangen, und den großen herumb dem
Ansehn nach bis gegen Neu Kirchen getrie=
ben, alwo noch eine gantze neue Armee gestan=
den, aber nicht mit gestritten, die schlagen=
den Armeen wären verschwunden; ietzt ge=
dachte dritte gegen Mittag stehen blieben.
Hierauff were es dunkel worden, je=
doch habe er gesehen, daß Sich das Klei=
ne häufflein wieder an den orth gestellt,
und zwar in Kleinerer anzahl alo zu vor,
über welchem Häufflein denn 5 Reuter
zu sehen gewesen, welche mit einander zwar
gefochten, dem Kleinen häufflein aber wei=
ter nichts gethan. So offt ein treffen vor=
gangen, were übern Volk eine Schwartze
Schnure etwa eines Daumen dicke zu se=
hen gewesen, welche jedesmahl, wo Volck
geschlagen worden, mit wegkommen und we=
ré dieses alles so eigentlich anzusehen gewe=
sen alß wenn mann nahe dabey gestanden.
Sein Mägdlein von 9 Jahren So=
phia, hette es vor schrecken nicht mehr be=
schauen können, sondern were mit weinen=
den Augen darvon und ins Hauß gelauf=
fen, so fast nicht were zu bedeuten gewesen,
und dieses haben auch seine hauß Leuthe,
die Er zu vorhero raus gerufft, wie auch

K 3   die

die nächsten Nachbarn aus dem in hlesi-
gem Ambte gelegenen Dorffe Bernsdorff
mit angesehen.

Anmerkung.

Sollte vielleicht diese sonderbare Erscheinung, an deren Zuverläßigkeit kaum
zu zweifeln ist, mit demjenigen natürlichen
Zauberspiel über der Meerenge von Mes-
sina, dessen P. Brydone in der Reise durch
Sicilien und Malta S. 70. erwähnet, in
analogischer Verwandschaft stehen?

B—
der Einsender.

Zusatz des Herausgebers.

Im ersten Packt dieser Schrift, p.
146. ist schon eine ähnliche von Ao. 1785.
in Oberschlesien bemerkte militairische Vi-
sion und p. 149. die Erklärung mitgetheilt
worden.

Diese Auflösung muß man auch hier
anwenden, und erwägen, daß Ausgangs
September, da diese Erscheinung bemerkt
wurde, die Abende und Nächte kalt zu werden beginnen, die Tage aber noch warm
sind, und dadurch jene Ausdünstung erzeugt
wird

wird, bey welchen um die Zeit, wo diese
einfältigen Bauersleute das Kriegsheer zu
bemerken glaubten, sich Gegenstände von
Bäumen, Sträuchern auf entfernten Bergen und in solchen Schatten der einwir-
kenden Dämmerung, zeigen, die eine ohnehin bey aberglaubigen Leuten und bey ein-
tretender Furcht bald so rege werdende er-
hitzte Einbildungskrafft zu Figuren bildet,
wie sie die eben beygehende wunderliche
Vorstellungen und Umstände, sich gern
denken lassen. Wenn nun, wie die ohnehin nicht allzu lichthelle Registratur angiebt, dies bey eben untergehender Sonne geschehen, und diese noch, in die, aus der
gährenden Erde aufsteigende Dünste wirk-
te, oder ein sogenanntes nach seinem Ursprung bekanntes Nordlicht über einem
See oder Teich gestanden; so lassen sich
auch die Täuschungen mancherley Farben
und Monturen erklären, die diesem streit-
baren Lufthimmelsheer angepaßt worden, von welchen man indes aus dieser
ächtbäuerischen Erzählung nicht abmerken
kann, wie die Figuren wohl marschiret, ob
man die Soldaten von hinten oder vorne
natürlich gerade, die Beine herabpampelnd
und die Köpfe in den Wolken, oder etwa so
am Himmel schwebend gesehen, wie die

K 4   Kunst-

Kunſtmahler jener Zeit in den Dorfkirchen
die Engelchen an dem Himmel gemahlt,
und wie ſie denn nach Verſchiedenheit ihrer perſpectiviſch oder figürlichen Stellung
die Musqueten Piquen, Fähnlein, Degen, und die Reiter ihre Stäbe
manöuvriret und wie gar das zu Boden-
fallen der geſchlagenen Soldaten, die
doch immer nur in der Luft geſchwebt
haben können, zu verſtehen ſeyn ſoll.

Natürlicher läßt ſich aber das ver-
meintliche Krachen der phantaſtiſchen
Kanonen, oder wie der Seher ſich aus-
drückt, der zwey Stücke erklären; daß
nehmlich die aus der erwärmten Erde auf-
geſtiegene Dünſte ſich in der kältern Re-
gion gerieben und entzündet, wodurch ein
Donnern und Krachen, wie bey dem bekannten Wirkungen der Gewitter entſtanden und dies natürliche Phänomen auch
das richtig vom Bauer dargeſtellte Wet-
terleuchten, erzeuget und nach Auflöſung
dieſer Dünſte die Soldatenfiguren wiederkommen, verſchwunden, und die, ſelbſt
baumärtig erklärte, auf irgend einer nahen oder fernen Anhöhe, geblieben.

Welch ſcharfe Augen, und feine Ohren,
müßte übrigens der Himmelsgucker gehabt
haben, wenn er die Kugeln in den ſo hohen

ben Wolken recht an einander getroffen
gesehen und gehört haben will?

Solch Zeug konnte nur ein Beam=
ter jener Zeiten, in welchen sich dieß mili=
tairische Himmels=Wolken=Luft= oder
Phantasiephänomen ergab, glauben und
registriren, das ein Klügerer unserer Zeit,
nach des Ort und Gegend oder Umstän=
den Beschaffenheit, erst genau untersucht
und wenn seine physikalische Kenntnisse zur
Ergründung nicht zureichen sollen, von
Sachverständigen, den Leuten gleich erklä=
ren lassen, und sie zu beruhigen wissen
wird.

Was für wunderliche Vorstellungen
haben sich nicht von jeher gemeine Leute
bey dergleichen gewöhnlich am Abend er=
scheinenden Nordlichtern, Himmelszei=
chen oder Cometen gemacht, was für
streitende Kriegsheere oder Krieg, Hun=
ger und alle Plagen der Menschheit
bedeutende Figuren gedacht, und sogar
Geistliche die Begriffe des gemeinen Man=
nes durch ihre schwachköpfige Sündenvor=
stellung auf der Kanzel zu verwirren ge=
wußt, und welch lächerliche Schreckbilder
haben nicht immer hungrige Reinischmid=
te, Holzschneider und Buchdrucker durch
ihre mit Buchdruckerschwärze auf gro=

K 5   ße

154

ße Papiere gekleckste auch wohl ge-
mahlte *) Figuren, veranlaßt, die sie
über im Lande herum ziehende Bettler-
rotten auf große Stöcke banden, mit
gräulich grämlichen Geberden, durch
einen Stab und unter herzbrechenden
mit allen Plagen und Sünden ver-
brämten erbärmlichen Reimen, dem
herbey gelockten gaff- oder Dorfvolk,
recht sinnlich zeigten, entfernte, oft dem
klügsten Geographen, geschweige dem
dummen Volk, ganz unbekannte Orte
nannte, wo sich solche affentheuerliche
Wunderdinge und Zeichen zugetragen
haben sollten; dergleichen sich noch im
Böhmen- und Bayerlande ereignen sollen,
wohin solche Waare noch immer gehet.

Jeder kluge, durch einige Lectüre zu
seiner wahren Bestimmung vorbereite-
te Dorfgeistliche, mancher Schulmeister,
Schulze, Heimbürge und aufgeklärte Bauer, weis sich aber alle diese, auf natürlichen Gründen beruhende Himmels- oder
Lufterscheinungen zu erklären, bewundert
die göttliche Allmacht, und — legt sich ru-
hig zu Bette.

Der Herausgeber.

9.

*) Caccatum non est pictum.

Bürger.

9.

Erſcheinung eines unſichtbaren Dom-
dechanten im Collegio oder bey der
Tafel der Herren *Patrum Societ. Je-*
ſu in Eichſtedt.

Ob nachfolgende Erſcheinung ein
Spielwerk traumſchwangerer Phantaſie,
oder eine wirkliche Viſion war? — iſt eine
Frage, zu deren umſtändlichen Erörterung
der Einſender weder Muße noch Beruf genug hat, ſintemal derſelbe überhaupt ſein un-
bedeutſames Urtheil über die ſublimen Ge-
genſtände der Geiſterlehre, zu ſuspendiren
gewohnt iſt, und lieber unter die Klaſſe derjenigen Cosmopoliten zu gehören wünſchet,
welche die Möglichkeiten des Geiſterreichs
beſcheidentlich dahin geſtellt ſeyn laſſen, ohne
deſſen Emiſſarien zu fürchten, als derjenigen Weltweiſler, welche die Geſpenſter ge-
radezu leugnen, und ſich dennoch ängſtlich
vor ihnen fürchten.

Hier iſt die Geſchichtserzälung ſelbſt,
und zwar wörtlich ſo, wie ſie in einer be-
währten Sammlung archivaliſcher Nach-
richt-

richten aufbewahret wird, welche wenigstens für deren historische Glaubwürdig-
keit Bürge ist.

Als zur Zeit der Regierung Sr. Hochfürstl. Gnaden Bischoff Johann Martins
zu Eichstedt, gebohrnen von Eyb, höchst-
seel. Gedächtnüß, der damahlige Hr.
Dombdechant von Speet, eine geraume
Zeit am Podagra war Bettlägrig gewesen, ließen ermelt Se. Hochfürstl. Gnaden besagten Hr. Dombdechant am Neu-
en Jahrs Tage Frühmorgens durch Dero Hof Capellan Hrn. D. Bernhard be-
suchen, und zu fragen, wie er sich befinde; Da dan dem Hrn. Dombdechant vor
Freuden, daß der Fürst nach ihm fragen lassen, Die Thränen in die Augen ge-
tretten, und er dabey nebst beachteten gewöhnlichen Curialien in Antworth hinwieder lassen vermelden, er sey nur noch was
weniges an der Hand incommodirt, hoffe aber binnen Vier Tagen Seiner Hochfürstl. Gnaden in Persohn hinwieder
unterthänigst aufzuwarthen, über welche gute Post dan der Bischoff gantz er-
freut gewesen, Als aber an eben diesem
Neuen Jahrs Tage der Bischoff gewöhnlicher Maßen dem Gottesdienst in
der Kirche deter Patrum Societat. Jesu
beygewohnet, auch hierauf mit dem ge-
samten

famten Hochwürdigen Domcapitul bey
ersagten Patribus das Mittagsmahl ein-
nahme, und allerseits noch an der Tafel
saßen, fängt Nachmittags halb drey Uhr
auf einmahl der Herr Domprobst Von
Spierling an sich im Gesichte ungemein
zu verendern und zu verblaßen, auch
mit denen Händen heftig zu zittern, wie
solches gleich viele Personen wahrgenommen, insonderheit auch Seine Hochfürstl. Gnaden, welche dann Hrn. Domprobsten alsobald befraget, was ihme
fehle, daß er sich so verendere, hat sel-
biger geantwortet, ob man dan nicht sehe, wie der Hr. Domdechant in seinem
Talar zur Thür des Refectorii eintrete,
umb die Tafel herumb gehe, sich der Tafel unten gegen über stelle, auch wieder
zur Thür sich hinaus begebe, über welcher rede jedermann sich entsetzt, jedoch
hat außer Hr. Domprobsten sonst nie-
mand dieses Gesicht oder Erscheinung gesehen, Allein gleich hierauf kömt das
Geschrey, der Herr Domdechant wolle sterben, mithin der Pater Societatis Jesu . . . . . . enlends in die Dombde-
chaney sich begeben, umb den Kranken
Hr. Domdechant beyzustehen, es war
auch ersagter Pater kaum in das Zimmer
eingetreten, und hatte die gewöhnliche
heil. Absolution diesem tobt Kranken Herrn
ertheilet, so verschied Derselbe augenblicklich, Cujus anima requiescat in pace.

Diese

Diese so unvermuthete Todespost er-
schreckte und betrübte Seine Hochfürstl.
Gnaden und gesammte hohe Gesellschaft ungemein, dergestalt, daß alles
unverzüglich sich retiriret, Der Fürst nach
seiner Residentz und übrigen Herren nach
Dero Behausungen, worauf denn hernach Hr. Anthon Maria Friederich, Graf
von Fürstenberg, Domherr zu Eychstedt,
zu einem Daselbstigen Herrn Domdechant hinwieder erwehlet worden, hat
aber solche Würde in einiger Zeit frey-
willig resigniret, wie er dann auch ferner
zu Anfang des Jahres 1721. das Eych-
stedtische Canonicat ebenfalls resigniret
und aufgegeben.

Die analogische Gewißheit einer un-
ermeßlichen Stufenleiter vom Menschen
bis zur Gottheit, wird hoffentlich kein be-
scheidener Denker zu verneinen wagen.
Wäre es also nicht zu voreilig, Ereignisse
obiger Art ganz aus dem Gebiete der Mög-
lichkeit verbannen zu wollen?

B—

der Einsender.

Zusatz des Herausgebers.

Ich will die Gewißheit der Erzählung auf ihren historischen Werth beruhen
laß-

laſſen, und die mir mitgetheilte Original,
handſchrift läßt auch diplomatiſch auf das
Zeitalter ſchließen, worinne ſich dieſe Viſ,
ſion zugetragen haben ſoll. Ich will auch
des ſinnreichen Cosmopoliten philoſophi,
ſchen Meinungen und politiſchen Grund,
ſätzen nicht zu nahe treten. Aber ich
kann doch dieſe Viſion für nichts weiter, als
Wirkung einer kranken Einbildung anneh,
men, die durch Zuſammentreffung der erzähl,
ten Umſtände, die Erſcheinung des kranken
Dombechant glauben laſſen und die kör,
perliche Wirkung und Aeuſerung, bey dem
Herrn Probſt verurſacht. Was für
ſonderbare Erſcheinungen haben nicht Leu,
te von ſchwachem Nervenſyſtem und zar,
ten Fibern, wenn zumal durch beſondere
Umſtände ihre Phantaſie belebt wird? Wir
können uns dies aus dem Zuſtande eines,
im hefftigen Paroxismo leidenden Fieber,
patienten, zur Ueberzeugung ganz kurz er,
klären.

Wenn wir nun noch den Ort Zeit
und Perſonen in politiſch reifliche Erwe,
gung ziehen und uns das Mahl einer ſol,
chen Geſellſchaft jener Zeiten dazu den,
ken; ſo glaube ich einen jeden auf der
Bruſt

Bruſt reinen Philoſophen und Weltbürger, ohne weitere detaillirte Erklärungen
überzeugt zu haben, daß dieſer ohnehin nur
dem Einzigen Herrn erſchienene Geiſt
einen natürlichen Urſprung, habe, und der
erfolgte Tod ſehr zufällig dazu getroffen,
aber freylich in damaligen Zeiten für ſehr
bedenklich gehalten worden.

Der Herausgeber.

10.

Schatzgräbergeschichten, aus der Grafschaft Lippe-Detmold.

— aus dem t. Museum.

Eine Bande Gauner, Conradt
(Cordt) Hofmann, ein Quackſalber, Anton Häger, Barbier, beyde in Werther wohnhaft, Chriſtoph Seving, ein
Böttcher aus dem Kirchſpiel Dornberg,
Peter Blotenberg aus Bavenhauſen, Vog-
tey Werther und Arnold Gräve, nachmä-
liger Muſketier unter des Major von Can-
ſtelns Compagnie in Herford, ein berüch-
tigter Dieb, hatten ſich im Jahre 1715.
auf das genaueſte zuſammengethan, die
Einfalt zu prellen, und auf Koſten der
leichtgläubigen zu leben. Man trift in
den Inquiſitionsacten verſchiedentliche
Spuren an, daß ſie ſchon früher, hin und
wieder, nach Schätzen gegraben, *) und
ſich für ein Nichts reichlich bezahlen laſſen.
Das rechte Meiſterſtück machten ſie aber
1715.

*) Namentlich bey Groppen auf dem Berg-
hagen, und Wagemann zu Bökhorſt.

1715. bey einem dummen Bauer im Kirch=
spiele Borgholzhausen, Johann Evert
Holschermann. Eben so unverständig und
leichgläubig hätten sie allenthalben Klien=
ten haben können, als Holschermann war:
aber er konnte bezahlen, war geißig und
hißig, und diese Umstände brachten ihm
den Vorzug vor jedem andern zuwege, be=
trogen zu werden. Cordt Hofmann, auch
Doctor Cordt und Wurmcordt genannt,
scheint in dem allgemeinen Rufe gestanden
zu haben, ein Teufelsbanner zu seyn,
und diesen Ruf scheint der Barbier Hä=
ger mit ihm gemeinschaftlich gehabt zu ha=
ben. Cordt Hofmann und Arnold Grä=
ver wurden mit Holschermann nach einem
Diebstale bekannt, wo dem jungen Höl=
schermann drey Schweine und dem alten
Leibzüchner eins war gestohlen worden.
Gräve und Hofmann, muthmaßlich selbst
die Diebe, erboten sich den Thäter heraus=
zubringen, und wo möglich die Schweine
wieder zu schaffen: denn zu Bilisen in der
Gräfschaft Lippe wohne Jost Dierk Over=
meyer, ein Teufelsbanner mit samt seiner
Mutter, die eben so künstlich sey. *) Weil
Hol=

*) Noch jetzt wohnt ein solcher Teufelsban=
ner in der Gräfschaft Lippe=Detmold,
... auf

Hoffchermann zu gleicher Zeit Schätze graben wollte; so mußte auch dazu ein Teufelsbanner seyn, den die Schätze besitzen-
den Geist, den Vater des Bayern, zu bannen und zu beyden Behuf wollte man sich
des lippischen Gesindels bedienen.   Hof-

L 2   mann

auf der sogenannten Knetterheide, ohnweit Schötmar, der vielen Verdienst
aus der Grafschaft Ravensberg hat, ge-
stohlne Sachen nachweist, und alles zu
kuriren unternimmt, was ihm vor die
Faust kommt. Daß sich solche Elende
Ruf und Glauben erwerben, wird wohl
so lange bleiben, als der Aberglaube
bleibt, und vor dem Teufelsbanner auf
der Knetterheide fürchten sich unsere Diebe mehr, als vor der Justiz.   Einem
Manne in seiner Gemeinde ward vor
einem Jahre alles sein Fleisch gestohlen,
worüber er so aufgebracht ward, daß er
öffentlich sagte, er wolle nach der Knetterheide, und dem Diebe ein Auge ausschlagen lassen. Er gieng auch wirklich
dahin, traf aber den Wundermann nicht
zu Hause. Nichts desto weniger war
ihm in seiner Abwesenheit sein Fleisch
wiedergebracht worden.   Hätte er den
sogenannten Teufelsbanner selbst zu Hause vorgefunden, so würde ihm dieser fürs
erste mit dem Troste wieder heimgeschickt
haben:

164

mann, der sich aus bloßer Freundschaft für
Holschermann der Reise unterzog, erhielt
19 Thaler, um sich dadurch Overmeyers
Beystand zu erkaufen, und theilte diese erste Beute ehrlich mit Hägern, Blotenberg
und Sebing, doch behielt er die größte
Portion. Weil Holschermann sich auch
mit seiner Frau nicht gut vertragen konnte,
so mußte Hofmann, auch wieder dieß Uebel, zu Bilisen, Rath suchen. Er brachte
etwas mit, das ins Bettstroh mußte gelegt werden, und etwas, das Holschermanns Frau in's Hemd nähen und am Leibe

haben. Wenn sein Fleisch in 3 oder 4
mal 24 Stunden nicht wiedergebracht
sey, so solle er wiederkommen, und der
Dieb solle um ein Auge kommen. Wie
leicht ist es, den Pöbel zu betrügen! Vor
einigen Jahren starb hier ein Bauer mit
einem Auge, der plötzlich um das andere, gewiß auf eine sehr natürliche Weise gekommen war. Zu seinem Unglücke
fiel aber der Verlust seines Auges gerade in die Zeit, wo ein Bestohlner dem
Diebe ein Auge ausschlagen ließ, wie er
glaubte, und mein Einäugiger starb in
dem Verdachte hin, daß er der Dieb sey,
weil ihn ein Zweig im Walde um sein
Auge gebracht hatte.

ße tragen mußte) ich weis aber nicht, obs
geholfen habe. Auch machte Hofmann
eine Reise nach Stromberg, bey den Mönchen guten Rath der Schatzgräberey wegen, für ein Geschenke an Butter zu suchen, die Mönche hätten ihn aber, wie
er klagte, schimpflich abgewiesen. Die
Schweine nebst den 19 Thalern bekam Holschermann freilich nicht wieder, aber wohl
die Genugthuung: daß der Schweinedieb
des Nachts aufs freie Feld zitirt ward, laut
bekannte, eine Tracht Schläge bekam, und
so wieder erlassen ward. Holschermann
stand bey seinem Spielgefechte in geziemen-
der Entfernung, hörte alles und sahe
nichts und als er gefragt ward: ob er
mit dieser Satisfaktion zufrieden sey? mußte er ja sagen, und lernte seinen Dieb nicht
einmal kennen, denn so wollte es die Bande. Weil der Bauer dumm und reich
genug war, sich noch weiter schröpfen zu lassen, so brachte man ihn nach und nach
auf die Gedanken, daß Geld auf seinem
Hofe vergraben sey. Bergknappen in der
Nachbarschaft bestätigten dies; sie giengen,
hies es, nie über seinen Hof, oder die
Wünschelruthe springe ihnen in der Ta-
sche.

fche. *) Holfchermann hatte dieß nicht
aus ihrem Munde; aber Hofmann und
Conforten hatten es fich mehr als einmal
von den Bergleuten ganz glaubhaftig erzählen laffen, bey welchen man freylich
nicht nachfragen konnte, denn fie waren
nicht mehr da. Gräve, der die Gabe zu
überreden in einem höhern Grade fcheint
befeffen zu haben, als feine Gefellen, ward
dazu deputirt, den Bauer erft kirre zu machen, und ihm goldene Berge zu verfpre-
chen, die übrigen liefen fich nachher erft
lange bitten.

Der erfte Schatz, (denn es gab ihrer drey an drey verfchiedenen Stellen)
befand fich vorgeblich unter einer Buche
auf dem Hofe. Sie wurde niedergehau-
en, man fieng unter allerhand Zeremoni-
en an zu graben, aber zur rechten Zeit ließ
sich

*) Diefe Wünfchelruthe war ganz anderer
Art, als die gewöhnlichen, nur ein Mei-
fter der Kunft konnte fie fchneiden, fie
mußte von einem Wacholderftrauche feyn,
und das Stück koftete einen Gulden.
Sie war des Geldes ehrlich werth, denn
andere Wünfchelruthen fchlagen nur in
der Hand, diefe fprangen aber ohne
Handhaben in der Tafche.

ſich der Geiſt hören, der den Schatz zu bewahren hatte, und dieſer Geiſt war vorgeblich *) Holſchermanns Vater, wirklich

L 4   aber

---

*) Nach der Regel haben abgeſchiedene Men-
ſchen mit vergrabnen Schätzen, und hätten ſie ſolche auch ſelbſt vergraben, nichts
mehr zu thun, ſondern der Teufel tritt
als Wächter und Beſitzer in ihre Stelle.
Was es aber eigentlich für ein Teufel ſey,
darüber ſind die gelehrten Schatz-gräber
noch nicht einig. Beelzebub giebt ſich
mit ſolchen Nebendingen nicht ab, da er
weit wichtigere Geſchäfte hat. Bar-
batos, ein vornehmer Teufel, der 30
Legionen Teufel unter ſeinem Komman-
do hat, und Purſon, alias Curſon, dem
22 Legionen gehorchen, weiſen zwar die
vergrabene Schätze nach, halten ſich
muthmaßlich aber Subalternteufelchen
zur Wache über dieſelben. S. Rei-
chards vermiſchte Beyträge zur Beför-
derung einer nähern Einſicht in das ge-
ſammte Geiſterreich, Stück IV. Num. IV.
S. 583. f. Wieri Pſeudomonarchia Dæmonum, ſo ſeinem größern Werke de
præſtigiis Dæmonum, hinten an gedruckt
iſt. Foras oder Forkas, Befehlshaber
über 29 Millionen Teufel, weiſt auch
Schätze nach, man muß ſich aber in dieſer vornehmen Teufel Laune zu finden

wiſ-

aber Anton Reuter aus Werther, den
die Bande als Geist in Dienste genom:
men hatte. Dieser machte ein fürchterli:
ches Gebrülle, bellte wie ein Bullenbei:
ser, warf mit Schwärmern um sich, schoß
mit Pistolen und zog sich nach und nach
bis aufs Feld zurück. Holschermann war
schon vorbereitet, den Geist abzulaufen,
denn ohne alle Entschädigung pflegen die
Gei:

wissen und sie beschwören können, sonst
behalten sie ihre Geheimnisse hübsch für
sich. Ein anders ist es, wenn man einen Heiligen oder eine Heilige z. B. die
heilige Corona auch Corana genannt,
Erzschatzmeisterin über die verborgenen
Schätze rc. auf seiner Seite hat, auf
deren Wink sich die Lotterbuben von Teufeln augenblicklich streichen, und dem von
der Heiligen begünstigten Schatzgräber
das Feld räumen. S. Reichard a. a O.
St. III. N. IV. S. 374. Nur Ketzer
oder Protestanten dürfen auf ihren
Schutz nicht rechnen, und wenn ich ihnen wohl rathen soll, so mögen sie das
Schätzegraben, wovon die rechtgläubige
katholische Kirche sich nur allein im recht-
mäßigen und wohlerworbenen Besitz-
stande befindet, nur immer bleiben lassen. Denn nur katholische Priester
kön-

Geister, die ihnen anvertraute Schätze nicht
zu verlassen. Zu dem Ende stand ein
kleiner Tisch da, mit einem weißen Tuche
bedeckt, auf den die Abfindung des Geistes bezahlt werden, und von dem er sie
nehmen sollte. Der Geist mußte aber auch
zitirt werden, und da kein Franziscaner (oder
Jesuit) zur Hand, oder nöthig war, so ver-
richtete der Barbier Häger diese Gaukeley
selbst, indem er in seinem Barbierbeutel
ein paar alte Kräuterbücher mitgebracht
hatte, und daraus laut etwas herlas, das
völlig die Wirkung des kräftigsten Exorzismus hatte. Der erschienene Geist verlangte
50 Thaler für seinen Abstand, ließ aber die
Hälfte schwinden, und verschwand mit den
erhaltnen 25 Thalern, doch blieb der Schatz
für diesmal ungegraben. Der Geist war
keiner der ehrlichsten, und hielt nur so lan-

L 5   ge

können die Geister bannen, Messe lesen,
Schwerter, Kleider, Kerzen, Heil. drey
Königswasser, Oel, Feuer, Räucherwerk,
Hacken und Spaten weyhen, und unge-
weyhtes Geräth nutzt zu nichts. Doch
hat man auch Beyspiele, daß die Kapu-
ziner und andere Söhne des heil. Fran-
ziskus gegen die Gebühr, auch Protestanten mit den Gaben der Kirche gedient haben.

ge Wort, als es ihm gefiel. Man muß=
te demnach auf Mittel sinnen, die ihn fe=
ster binden konnten, und dies bestand
darinn: man setzte ein Scheffelmaaß hin=
ter Holschermanns Haus, band an jeden
Handgrif einen Stein und Holschermann
mußte 9 Thaler 21 gl. ein gekochtes Huhn
und frische Butter für den spukenden Geist
seines Vaters hineinschaffen, welches al=
les richtig abgeholt ward. Mit diesen ge=
machten Prisen war das Räubergesindel
nichts weniger als zufrieden, Holscher=
mann ward noch immer geschröpft, bis
Hofmann, Häger und Konsorten es von
sich sagten, daß sie dem Geiste nicht ge=
wachsen wären, und der Oberschatzmeister
vom Harze kommen müße, *) wenn der
Schatz unter der Buche, der allein 500
Thaler betrüge, gehoben werden solle. Es
sind

---

*) Das Außerordentliche und Ungewöhnli=
che reißt die Aufmerksamkeit am stärk=
sten an sich, verblendet, zerstreut, und
hat die Vernunft bald übertölpelt. Ei=
nen überstudierten Priester konnte die
Wittwe Ruschken zu Quappendorf nicht
widerstehen. (S. Berl. Monatsschrift,
August 1784. S. 189.) Cagliostro wu=
ste sich in Achtung zu setzen, indem er
was außerordentliches effektirte.

sind verschiedene eigenhändige Briefe des vorgeblichen Sennor (Seigneur) Obrist- schatzmeister bey den Akten, wovon drey von Anton Häger anerkannt wor- den, daß er sie auf Hofmanns Verlangen geschrieben habe; Hand und Styl aller sind sich aber so ähnlich, daß sie wohl von einem Verfasser seyn können, wenigstens ergiebt sich aus den Akten, daß sie meist alle in der Halle in einem Wirthshause sind geschmiedet worden, und für den ersten Brief, den Hofmann an den Bauer be- stellen mußte, ließ er sich 5 Thaler bezah- len, ob Postgeld, oder Deserviten wird nicht gesagt. Es lohnt sich schon der Mü- he, einige dieser Briefe mitzutheilen, die recht in dem populären Style geschrieben sind, durch den sich der Bauer, wenigs stens in Westphalen, so gern bey der Nase herumführen läßt.

1. lieber Herr Anton *) ich wunsche euch und euer Frauen ein glückseliges Neues Jahr, ich werde hoffen daß ich ihn werde in guten stande antreffen. Waß anlanget der böße Satan ist wieder hier er brüllt

wie

---

*) Diesen Brief agnoscirte Anton Häger als eignes Machwerk.

wie der lebendige trüfet leibhaftig also kann,
es nich anders fein er (Anton.) muß sich
noch einmal Mars fertig magen, daß er
noch einmal furt komp, den ich habe nicht
einen Kerl, den ich rechsinnig da zu gebrau;
chen kann, ich verlasse mich auffihn, Künf;
tigen mittwochen auff mittag bey mir zu
feyn, der ich verbleibe

Senhor obrist schatz M.

2. "Ich tue zu wissen, daß ich von
Herfort nach roten Uflen gehe Und ihr
kont mir nachschreiben wies euch gehen
wirt, den ich habe meinen Knecht und
Hofmann nicht befohlen, daß sie das le;
dige schepfel sollen in die Erde sehen, den
Hofmann hat erst feinen theil daran *) den
der

---

*) Dieser Brief sollte, nach seiner Physio-
nomie, das Scheffel füllen helfen, wozu
Holschermann vielleicht nicht zu sehr eil-
te, als man wünschte; die Anspielung
auf Hofmanns Unfall, dem unbekannte Leute bey einer dieser nächtlichen Fahr-
ten ein Bein entzwey geschlagen hatten,
zeigt die Wichtigkeit eines Oberschatzmeisters vom Harze, der pünktlichen Gehorsam verlangt, und wenn Holschermann

Der Geist wird weiter mit ihm sprechen, wenn er sich nicht einfindet mit 20 Rthlr. seines eigen geltes, wofern er sich nicht einfindet, wird er den schaden sein lebe tage behalten, Vnd das Gelt muß diesen Donnerstag abent in Rotten uffen seyn, den es soll bey die armen getheilt werden, alß muß man hoffen, daß gnade ist zur Besserung. Doch sendede ich einen Botten zum überfluß, wofern daß sie sich nicht rachen lassen wollen, kommen sieh um das leben, den es ist nicht ein hundert thaler, den der ganze Hof kan mit thalern wohl belegt werden; darum sende ich einen Botzen, der solte den Bauern das schepel verwaren helfen, jn das schäppel muß sein — 8 thl. 12 gl. um ein stucke Lindewandt ein gekocht Hun eine starke Butter also wirt die Sache richtig gehn, den ihr muß schnel damit furt fahren."

Jacob Klafrath.
Senior oder Schatzmeister.

3.

mann den Mann, der sich aus Liebe zu ihm die Beine zerschlagen, und in 20 thl. Strafe nehmen ließ, nicht auf den Händen trug, und ihm allen Schaden unter der Hand ersetzte, verdiente er da wohl den mächtigen Schatz, mit dem ein ganzer großer Hofraum belegt werden konnte?

3. "Es wird Holschermann hiermit
berichtet, daß er sich darnach richten, daß
wir dießen abent alß Donnerstag abent da
kom und sich in allen Dingen prat machen
und werden höffen, daß alle Dienge ihre
richtigkeit haben, den uff ein uhr sölte mir
einer entiegen kommen in Jöllenbeck *) und
mir da Bescheid entgegen bringen wie die
sachen richtig seyn und sie können sich da
nach richten da 3 da kommen thun und sich
in allen Dingen prat machen den ich kan
nicht lange auß."

Sennor oberster schaß meister.

4. "lieber Anton ihr kent man (nur)
Holschermann sagen, daß wir mit gott kommen werden, alß alten heiligen 3 König
abent da kan er sich darnach richten, und
lieber Anton ihr kent euch darnach richten
mir werden bey ihm einkehren 1 tag 3 oder
4 daß er uns Tractier kan alß den wirt
alß

---

*) Der vom Harze kommende Oberschatz-
meister mußte über Herford, und von
Herford führt der nächste Weg nach
Borgholzhausen über Jöllenbeck. Bis
hierher wenigstens, spiegelt er vor, hatte ihm jemand sollen entgegen kommen.

alß einmahl gut werden der ich bin und
verbleibe ade *)"

Sennor obrist Schatz Meister.

Man kam den Bauern nun immer
näher; der Oberschatzmeister, der bis dahin nur mit Anton Häger Briefe gewech-
selt hatte; schrieb nunmehr selbst an Holschermann und verlangte, daß alle erforderlichen Anstalten in der Geschwindigkeit
gemacht werden müßten, denn er habe wenig Zeit zu verlieren. Was solch Spitz-
bubengesinde unter Anstaltmachen verstand, läßt sich leicht denken. Holschermann mogte aber bedachtsamer geworden
seyn, oder ob es sein Beutel nicht recht
gern mehr erlauben wollte; gnug die Vor-
kehrungen entsprachen den Erwartungen
des Mannes vom Harje, nicht recht, und
folgender Brief an Holschermann beweißt
seine entstehende Ungnade.

6. "Weilen ich solche große Klage
vom Häger habe bekommen, daß Holschermann nicht die Unkosten hat nicht bezahlt,
also

---

*) Auch diesen Brief an sich selbst, hätte
Häger geschrieben, wie er bekannte.

also kann ich nicht dakomen, ehe und bevohr
daß daß richtig ist, denn ich höre ben
meinen Diener (P. Blotenberg) haben
sie den Weg nicht mal bezahlt, waß sollte
ich den da machen, wen daß nicht entrich:
tet ist den ich kann im streit nichts ausrich:
ten den es muß als erst bezahlt werden, den
der Holschermann kriegt soviel wieder, daß
er dieses kann wohl bezahlen.

Seithor Schatz Meist.

Holschermann scheint sich auf dieses
Schreiben gefügt und der Schatzmeister
an Ort und Stelle begeben zu haben, ob
der erste Versuch aber wirklich so unglück:
lich ablief, oder ob die erhaltnen löcher
im Kopfe, worüber folgender Brief klagt,
ein blindes lärm gewesen, entscheiden die
Akten nicht.

7. "Dem nach ich nich umhin Kan
dem guten Holschermann die nachricht zu
schreiben, wie unglücklich daß sein Hoff ist den
alß (alles) was wir geredet haben weiß der
alte im Katen (der Stiefvater auf der Leib:
jucht) wie (wider) dän da ist noch ein Geist
aber daß ist sein Eigen leiblich Vatter von
den Sonnabent auf den Sontag hat es
uns

uns ſehr ſchlecht gegangen, ich habe 2
große Löcher im Kope wie (wenn) der Hof
nicht rein gemachet wirt ſo will (wird) er
ein armer man werden ich hoffe aber mein
Kop ſo bald wieder gut werden, ich muß
auch erſt wißen waß daß vor Leute gewe=
ſen ſein die uns ſo aufgewartet haben, und
wenn da kome ſo muß ich mit meinen leu=
ten recht ins Hauß gehen daß ich ſehe waß
da vor Leute in ſint und wen ich komen
ſolt ſo kan ich nicht ſo ſchlich (ſchlecht) le=
ben *) ich wil vor ihm ſorge tragen den
meine Leute ſorgen davor (fürchten ſich)
die

*) Ein Mann von ſo einem Gewichte, ein
Seigneur und Obriſtſchatzmeiſter und
obendrein vom Harze, mußte ſich durch
etwas auszeichnen und das that er
durch ſeinen Standesmäßigen Tiſch.
Holſcherinann beſagt ſich, daß der
Seigneur kein Brod habe eſſen wollen,
und in ſeinem Leben noch keins im Mun=
de gehabt habe. Ich vermuthe, daß
dies nur von unſerm Pumpernickel zu
verſtehen ſey, denn Walzenbrod wird der
vornehme Herr wohl gemogt haben.
Wer von der Bande den Seigneur per=
ſöhnlich vorgeſtellt habe, ſagen die
Akten nicht, außer daß Hofmann einmal
den Seving dafür ausgeben will.

die willen da nicht wieder hin weilen es
da so to (zu) gehet den ye macht (ihr
müßt) na den leuten hin gaht und ma=
chet so mit ihm daß sie wieder mehr gahn
und schreibt mir dan so bald als ich nur
kan so will ich komen."

Senior obrist schaß M.

Holschermann war troß aller Ma=
schienen, und troß seiner herzlichen Dumm=
heit, doch nicht völlig so bereitwillig, sich
plündern zu lassen, als es die Bande
wünschte, und es scheint, daß ihn verstän=
digere leute, von denen sich auch die Schlä=
ge und löcher im Kopfe, wenn anders et=
was davon wahr ist, herschreiben mögen,
gewarnt haben ; und muthmaßlich war
sein eigner Stiefvater sein Schußengel.
Dies wird mir daraus wahrscheinlich,
weil das Gesindel sich Mühe gab, Feind=
schaft und Mißtrauen zwischen beyden
Holschermännern zu säen, wozu nachfol=
gende Briefe des Wundarztes Häger sehr
zweckmäsig eingerichtet waren.

Vielgeehrter Herr Holßermann

Er muß nicht unterlaßen undt kom=
men Augenblicklich herüber denn der alte
Hol=

Holtzermann hat 3 Man laßen Komen
die sollen daß geldt weck Nehmen, und
wen in sein Hauß Ein fremder Kompt,
und Etwaß nach fraget, muß Er sich gahr
nichst Merken laßen all so muß er nicht
lange seimen undt kommen mit diesen Botten herüber, den der Herr *) ist in sulter-
manß Hauße der will ihm daß geldt schaffen, binnen 2 Tagen und sol ihm nicht einen Pfennig kosten sondern er will ihm
frey daß geldt herauß schaffen nehmlich die
600 thlr. All so muß Er hie in der Halle in deß Fulter Manß hauf komen da
warten wir seiner aber Er muß nicht auß
bleiben, sonsten ist es vergeblich, den die
Kördels (Kerls) die sind bei seinem Vatter, und willen daß geldt ihm schaffen,
Also muß er nicht die Zeit verseimen und
komen herüber daß wir mit Einander sprechen, sonsten ist die Sache alles verlohren
und es soll ihm nicht einen Pfennig kosten.
Er muß mit diesem Botten sogleich herüber komen den wir erwarten seiner in sul-
termanß Hause und er muß den Botten
den Weg bejahlen, Halle den 26. Feb.
1716.

Annthon Häger

M 2   Der

*) Seigneur.

Der Herr ift auch hier und will
ihm alles fchaffen undt foll ihm nicht
foften.

Holfchermann fonnte diefer Einla-
dung nicht widerftehen, begab fich gleich
nach dem Woltermannfchen Wirthshaufe
in der Halle, wo er Cordt Hofmann und
Chriftian Brunen, den Hallifchen Bauer-
richter antraf. Der leßtere haße fich die
leßte Zeit mit zum Komplot gefchlagen.
Aus diefem Briefe fowohl, als aus dem
ganzen Aftenverfolge, fieht man, daß die
Gauner den Bauern, durch die anfchei-
nendfte Uneigennüßigfeit, immer in Odem
zu erhalten mußten. Alles was er hergab,
war vorgeblich nicht für fie, fondern für
den filzigen Geift, und einige Leute, die
nicht mit zur Konföderation zu gehören
fchienen; felbft der Seigneur, fam vom
Harze unentgeltlich, außer daß er frey gehalten ward. Kann die Großmuth an einem unbefannten Bauer weiter getrieben
werden? und wäre Holfchermann, der
fchon fo viel gegeben haße, und nun der
Hebung des Schaßes fo nahe war, nicht
ein Narr gewefen, wenn er jeßt noch zu-
rückgezogen hätte? Gefeßt auch, der Geift
wäre ein Flegel gewefen, noch einen kleinen

nen Poſten nachzufordern, oder hätte durch
ſeine Halsſtarrigkeit noch eine kleine Aus-
gabe verurſacht; konnten, ſollten Holſchermanns großmüthigſten Freunde, ſollte ers
entgelten? Er ſelbſt hatte nicht Kopfs genug, weitern Betrug zu argwohnen, und
wolte ihn ſein Stiefvater auch warnen;
würde ers jetzt noch thun, nachdem er folgenden Brief von dem Erzgauner Häger
erhalten hatte?

”Es wirt der alte Holſchermann hie
durch erinnert daß er ſol ſo vort, nach
werther komen, den es iſt ihme ſelber daran gelegen den der junge Holſchermann ſaget daß er ein Herenmeiſter und ein Sau-
berer (Zauberer) ſey den ihr vergiften ihm
ſein waßer und die kühe den er hat mir
dazu Begehrt daß ich euch ſollte vergeffen
(vergeben, vergiften) warſten (berſten) ſol-
tet zum Und ſolte euch ins Teufels nahmen die ogen (Augen) außſchlagen wan
ſolches nicht wahr iſt, ſo wil ich mein Leben verliehren.”

Anthon Häger
Chirurgus.

Ob Holſchermann den Seigneur im
Wirthshauſe angetroffen, ſagt der Akten-

M 3 vers

verfolg nicht, wohl aber, daß Christian
Brune, der Oberstschatzmeister, dem Holschermann zugebracht, für seinen Weg einen Thaler, und der Seigneur, der keinen
Pfennig verlangte, wie es hies, zum
Handgelde 10 thlr. und eine Flinte bekommen habe, die Christoph Seving (der also
den Seigneur machte) nachher an den Co-
lonus Pottkoff in Bavenhausen, für 2 thlr.
wieder verkaufte. Bey dieser Anwesenheit
des Oberschatzmeisters ward wirklich gegraben und gegaukelt, und Anthon Häger,
der verschmitzteste Bube beym Spiele,
hatte aus Eisendrath einen Ring mit vier
daran hängenden kleinern Ringen, gemacht,
die über dem Ort, wo der vorgebliche
Schatz vergraben liegen solte, aufgehängt
wurden. Wenn der Ring, sagte Häger,
still steht, so bleibt der Schatz auch still
liegen, bewegt er sich aber, so zieht sich der
Schatz tiefer herunter. Für diese Gaukeley mußte Holschermann des andern Tages 22 Thaler an den Grosmüthigen vom
Harze, durch dessen Kammerdiener Peter
Blotenberg bezahlen.

Der Schatz von 500 Thalern unter
der Buche, den Holschermanns Vater sollte vergraben haben, und um dessenwillen all
der

der Hokus Pokus von Geisterbannerey
und Geistesrelegation gemacht ward, war
der erste, nach dem man grub, und den
man nicht bekam.

Dann hieß es: der Schatz stecke unter einem Apfelbaume und betrage 1100
Thaler, nachdem die Buche vergebens ge;
fällt, und ihre Stelle umsonst durchwühlt
worden war. Anton Reuter spielte beym
Apfelbaume die erste Rolle, stieg auf ihn
hinauf, zeigte dem Bauer den Schatz,
als habe er ein Vogelnest ausgenommen,
wollte ihm die 1100 Thaler zuwerfen,
machte aber daben eine so linke Wendung,
daß der Schatz in den anliegenden Teich
fiel. Reuter erbot sich, den Schatz wie;
der herauszufischen, erhielt dafür 10 Tha;
ler, zum Unglück hatte sich aber der Schatz
im Teiche in einen Stein verwandelt.
Dergleichen Verwandlungen sollen in al;
ten Zeiten häufig vorgefallen seyn, besön;
ders wenn der Teufel die Wache hatte,
der das schönste Geld in Roßäpfel, Asche,
Sand, Haare u. s. w. verwandeln konn;
te. Verfuhr man beym Schatzgraben
nicht ganz pünktlich nach der Ordnung
und ward das geringste bey den Formali;
täten, wovon der Schwarze ein erklärter

Freund

184

Freund iſt, verſehen; ſo ſedkte ſich entwe:
der der Schatz oder er verſchwand, oder er
verwandelte ſich in das poßierlichſte Zeug,
und nach der Regel hatte der Schatzgierie
ge, den man für dasmal den Beutel ſeg:
te, allemal die Schuld. Es durfte z. E.
beym Schatzgraben nicht geſprochen, nicht
geſeuert und nicht im geringſten von der
verwickelten Vorſchrift des Meiſters abge:
gangen werden. Wie leicht ward wider
eins dieſer Punkte angeſtoßen, wie leicht
ward nicht in der Angſt ein Wörtchen ge:
ſagt, und — weg war der Schatz! Oder
beym Vergraben des Schatzes ward mit
demjenigen Geiſte, dem man ihn zur Wa:
che anvertraute, ein Vertrag gemacht, ihn
nicht eher herauszugeben, bis ihm ein ge:
wiſſes, genau beſtimmtes Opfer, gebracht
würde. Dies mußte man wiſſen oder er:
rathen; denn der Teufel ſprach nie aus
der Karte. War ihm z. E. eine ſchwarze
Katze verſprochen, und man opferte ihm
einen ſchwarzen Hund; ſo war alles ver:
dorben, und der Schatz verlohren.

Die Sage unter hieſigen Bauern z.
E. erhält ein Faktum ganz friſch, das viel:
leicht eben ſo alt ſeyn mag, als Holſchers:
manns Geſchichte, und das es beweißt,
daß der Teufel keine Umſtände weiter
macht,

macht, wenn man auf die rechte Spur ge‌kommen ist. Ein Bauer vergrub in Ge‌genwart seines Knechts eine große Men‌ge Geldes, trug dem Teufel die Hut dar‌über auf, und band ihm ein, den Schatz nicht eher fahren zu lassen, bis man ihm einen schwarzen Ziegenbock würde gebracht haben. Der Knecht reiste nach Holland, wo er lange Jahre blieb, der Bauer starb mit dem Geheimnisse dahin, und seine Nachkommen verarmten. Der Knecht kam endlich wieder, fand den Hof herun‌ter gebracht, erinnerte sich des vergrabenen Schatzes und des schwarzen Ziegenbocks, und war so ehrlich, den rechten Erben mit einem aufgefundenen schwarzen Bocke zu dem Ihrigen zu verhelfen. Diese Ge‌schichte wird noch immer wie ein Evange‌lium geglaubt, und erhält den Glauben an die Schatzgräberey immer neu.

13.

Der Tod und der Teufel am Galgen zu Besord. *)

Zu Besort im Elsas wurde neu‌lich der Tod und mit ihm der Teufel selbst

M 5   an

*) Aus der Deckerischen deutschen Zeitung 1787. 36. St. den 19. Jan.

an den Galgen gehenkt. Die Sache
gieng aber so zu. Es starb ein reicher
Bauer und hinterließ eine Witwe. In
der Nacht nach dem Begräbniß kam des
Verstorbenen Geist, nebst dem Tod und
dem leidigen Satan (also 3 Mann hoch)
zu der Frau. Der Geist klagte: er säße
im Fegfeuer und litte große Pein; und
der Teufel erbot sich, ihn gegen 40 Louis=
d'or loszugeben. Die Frau hatte nur 20,
und versprach, die andern den folgenden
Abend herbeyzuschaffen. Bey Strafe des
Halsumdrehens wurde ihr verboten, et=
was zu sagen. Sie wollte also Geld bor=
gen, und man erstaunte darüber, da jeder=
mann wußte, daß sie keins brauchte. Ih=
re Aengstlichkeit, die sie dabey bewies,
machte, daß man näher in sie drang, und
auf die Zusicherung des Predigers, daß
der Teufel nicht die Macht habe, einer
Taube, geschweige denn einem Menschen
den Hals umzudrehen, gestand sie endlich
den ganzen Handel. Nun ließ man des
Nachts etliche handfeste Kerl im Hause
wachen, und wie das Luftgesindel erschien,
packte man den verkappten Teufel und
Tod glücklich: aber der Geist entwischte.
Jene beyden sollen nach der geschwinden
französischen Justiz schon wirklich am
Gal=

Galgen parabiren. Die Proteſtanten,
welche kein Fegefeuer glauben, können auf
ſolche Art nicht betrogen werden, wie dieſe
Frau, und überhaupt, je weniger Aberglauben man hat, deſto ſicherer iſt man
vor Betrug.

14.

Eine Schatzgräber - Betrugs - Geſchichte zu Linden im Hannöveri-
ſchen. *)

Im Dorfe Linden, wohnt ein
wohlhabender Meyer Nahmens L... Zu
dieſem kamen vor kurzem zwey Fremde.
Davon gab ſich der eine für einen Fran-
ziskanermönch aus, und ſagte, er beſitze
das Geheimnis Geiſter zu bannen und
Schätze zu finden; und die Urſache ſeines
Beſuchs ſey keine andere, als ihm zum
reichen Manne zu machen. Es ſtehe nämlich im Lindner Berge ein unermeßlicher
Schatz, ein großer Keſſel voll Gold und
Silber, der dem Bquer beſchert ſey; wofern

*) Aus vorgeb. deutſch. Zeit.

fern er sich durch Gefälligkeit gegen die
Geister und durch Fasten, Beten, Wachen und andere Vorbereitungen dazu tüch-
tig machen wolle. Er für seine Person
sey bereit, ihm aus christlicher Liebe gern
den nöthigen Unterricht zu ertheilen, und
sonst dazu behülflich zu seyn. Der Gefähr-
te des Franziskaners vertrat bey dieser
Marktschreyerey die Stelle des Hans-
wursts, und wußte sowol die Fröm-
migkeit, als die Kunst seines Prinzi-
pals, so meisterlich herauszustreichen, daß
der Bauer in das Netz gieng, wohin ihn
die Schelme zu locken suchten. Durch
die Hofnung eines großen Gewinns laf-
sen sich ehrliche, einfältige Leute eben so
leicht täuschen, als durch die Furcht vor
ausserordentlichen Unglücksfällen, wie z. B.
dem Ziehenschen Erdfall; zumahl wenn
das eine oder das andere durch eine heilige Miene und Kleidung unterstützt wird.
Kurz, der Meyer nahm die Geisterbanner
auf, bewirthete sie eine Woche lang aufs
herrlichste, ließ sich manches Stück Geld
zu den, beym Schatzgraben erforderlichen
Geräthschaften, abschwatzen, und merkte
endlich — daß er betrogen war. Es
fand sich, daß der eine Hexenmeister, von
dem er nun, um sich schadlos zu halten,

ren, die Uhr und Stock inne behielt, und
ihn mit einer guten Tracht Prügel zum
Hauſe hinausjagte, ein verdorbener Schu-
ſter war. Der Franziskaner war nichts
geringers als ein ſogenannter Litteratus,
oder Gelehrter, der alles ſein Geld, Stu-
direns halber, an die Kaufleute, Gaſtwir-
the, Pferdevermiether, Muſikanten ꝛc. auf
der Univerſität zu M... und in der um-
liegenden Gegend ausgegeben, und nichts
gelernt hat, als Streiche machen. Dieſer war ſo glücklich, dem Prügel des Bau-
ers zu entwiſchen: wird aber der Gerechtigkeit nicht entgehen; wenn er nicht, ſtatt
ſolcher Betrügereyen, lieber die Holzaxt
oder das Grabſcheid ergreift.

Ende.

Zu verbessernde Druckfehler.

S. 17. unten in Note, statt, nachhero jetzt, l. nach) hero und jetzt.

— 25. unten Custos, statt 3. l. 4.

— 63. oben, statt pag. 93 l. 63.

— 66. oben, statt pag. 67 l. 66.

— 67. oben, statt pag. 68 l. 67.

— 75. oben, statt pag. 57 l. 75.

— 90. Zeile 8 von unten, statt Güte bey, l. Güte und bey.

— 92. Z. 5 von unten, statt Richtplaß, l. Richt- plaß.

— 100. oben in der Nummer, statt 6, l. 7.

— 116. Zeile 5, statt 7 l. 8.

— 128. oben, statt pag. 228 l. 128.

— 137. Zeile 4, von oben, statt Nro. 7 l. 9.

— 143. oben, statt pag. 141 l. 142.

— 145. oben, statt Nro. 8 l. 10.

— 149. oben, erste Zeile, ist die erste Sylbe die wegzustreichen.

— 155. oben, statt Nro. 9 l. 10.

— 160. unten Custos, statt Nro. 10 l. 12.

— 161. oben, statt Nro. 10 l. 12.

Inhalt.